Esconderijos

Contos eróticos

Adriana Garcia

para Majori Fonseca Claro

Entre todos os amores e amigos
De você me lembro mais.
//
Entre corações que tenho tatuados
De você me lembro mais.

Rita Lee

Sete minutos

- Chego em sete minutos. Você quer ajuda para descer as sacolas? Quer que eu suba?

- Quero. E quero um abraço.

- Mas abraço eu posso te dar em qualquer lugar.

- Tá bom, Lourenço, se preferir, eu desço.

Eu, muda. Boca muda. Dedo mudo. Cabeça barulhenta.

Como assim, abraço você pode me dar em qualquer lugar? Caramba, caramba!!! Você está estranho mesmo. Esta frase, "abraço eu posso te dar em qualquer lugar", me atingiu como um raio. Fez pequenas erosões aqui em volta dos meus pés. Um chacoalho, como no dia em que um terremoto no Chile fez a avenida Paulista tremer. Dizem que um raio não atinge duas vezes o mesmo lugar, mas atinge. Atinge, sim. Já caíram alguns no meu terreno. Mais do que dois. Certeza que eram amarelos; na alquimia, o amarelo mancha o branco. Macularam minha ingenuidade. Coré descendo para o Hades, do Paraíso ao Inferno, sem escalas.

É sério isso, Lourenço? É sério? Você pode mesmo me abraçar em qualquer lugar? Que tipo de abraço você quer me dar hoje? Me diz! O nosso abraço ou o abraço que você me dá quando estamos em público? Quando eu disse que queria um abraço seu, me referia ao abraço que damos na nossa intimidade, na minha casa ou na sua. Quando a gente chega, nos dias em que vamos "morar" um na casa do outro. O abraço logo depois de abrirmos, você ou eu, a porta. Aquele em que largamos no chão o que carregávamos nas mãos. Que é seguido de beijos nas bocas caladas. Coladas.

Eu não entendo direito por que você fica tão desconfortável em me tocar nos lugares públicos. Lembra do abraço que você me deu quando fui te encontrar em sua aula de piano? Você, imenso, com o corpo todo endurecido. Quando seus braços contornaram minhas costas e colei meu corpo no seu, senti o cheiro do seu perfume e seu pau duro, mais duro do que o resto do seu corpo tenso. Você sussurrou: "O porteiro tá olhando..." Foda-se, deixe que olhe. O que tem de tão exótico em um homem e uma mulher se abraçando? Por que você parece não querer subir pro meu apartamento? Por que essa história de "abraço eu posso te dar em qualquer lugar"?

Eu não quis te criticar quando falei que você parecia seu pai. Você mudou na hora, ficou mudo. Você é de poucas palavras, mas, depois de segunda-feira, elas quase sumiram. Ficou introspectivo, virou os dois olhos para dentro e trancou as portas do seu mundo. Em tempos de patologização, você até poderia ser encaixado no espectro autista... Eu não entendo nada sobre autismo, Lourenço, eu tô tentando entender você.

Você não sabe o que aconteceu justo nesta semana: o balão começou a descascar, rachaduras no colorido dele. Você falou pra eu dar ré no meio da estrada, porque tinha um balão colorido que ficaria lindo na minha varanda. Dei ré, tinha mil balões, mas eu só vi o que você viu. Você me conhece, não é, Lourenço? Parece que não tenho contorno, que não tenho pele, você me vê por dentro... lê minha mente. Às vezes, queria privacidade nas minhas emoções, mas você percebe cada vírgula das minhas oscilações de humor. Pedi pra embrulhar o balão com alegria infantil. Justo anteontem ele começou a descascar. As lascas da tinta começaram a cair. Antes, no ar; agora, no chão. Caramba, será que você vai embora, Lourenço? Me diga, como você pode viver indo embora sem se despedaçar. Porra, vê os sinais da espiritualidade... ela parece querer ver a gente juntos. O maior sinal foi o barco "Nós Dois". Como que, no meio de tantos barcos, você fotografou justo ele, anos antes me conhecer?

Talvez eu seja paranoica. Essa conexão com os sinais da espiritualidade não deixa de ser uma paranoia, mas do bem, não estão contra nós, estão a nosso favor. Tudo faz sentido, tudo conspira para que fiquemos juntos. Odeio pensar que o mundo é um moinho que pode triturar meus sonhos. Prefiro pensar que nossos destinos foram traçados na maternidade, ou antes. Cada um constrói a fantasia que lhe convém, eu prefiro as fantasias românticas, as que têm finais felizes.

Sobre sua introspecção: você tem um mundo próprio, sim, mas me deixa entrar. Você é sério. Isso me deixa honrada, sei que só abriu seu mundo e seu corpo pra mim porque me achou especial. Você é especial. Me pareceu especial, e era. Preciso transfundir teu sangue pro meu coração, que é tão vagabundo. Lembro dos muitos abraços nossos... Dos beijos também me lembro. Não de todos. São muitos. E diversos. E delicados e ofegantes. Lambidos. Mordidos. Com a boca escancarada, encaixada até a língua alcançar a alma. Interrompidos. Bocas que se fecham para se abrir novamente, sem se desgrudar. As bocas dançando de um lado para o outro com os narizes no meio. Quantas horas – se somarmos todas – já ficamos beijando no meu sofá, Lourenço? E no teu? Esses dias, achei um cabelo solto aqui no meu sofá, vi que era castanho bem da cor do teu. Me deu saudade do teu namorar. Você é como eu, não cansa de beijar. Você beija infinito. Eu gosto disso na gente. Nas suas outras relações, você também beijava assim?

Eu quis tanto beijar você naquela praia! Você estava lindo, imenso. Me senti como a namorada do Manoel de Barros que via errado... eu não vi você na beira do mar! Eu vi o mar na sua beira. Você deitou de bruços na areia, aliás, entre tantas coisas que você me apresentou, está a deliciosa sensação de cochilar ouvindo o mar, que delícia é isso! Nem te disse tudo que fantasiei naquele dia, ao te olhar ali de bruços, tão entregue, dormindo. Eu imaginei que todo mundo sumia. Eu soltaria a caipirinha deliciosa de abacaxi com amora e, devagarinho, me aproximaria de você, agachada e com suas orelhas ao meu alcance, suspiraria lentamente no seu ouvido. Que delícia sentir o calor do seu corpo quentinho, aquecido pelo sol. Que delícia sentir sua respiração profunda e inocente. Passaria a mão nos seus cabelos castanhos macios e, só de fazer isso, minha buceta pulsaria. As pontas dos dedos, de leve, deslizando em suas costas. Na sua boca, um sorriso discreto apareceria ao notar minha presença. Deitaria em cima de você, sem peso. Lamberia sua nuca e engoliria as pontinhas das suas orelhas, uma a uma. Eu viraria você delicadamente e beijaria sua boca, com calma e fundo, até sua alma se sentir beijada. No seu pescoço, me demoraria. Desceria até seus mamilos, amo sua falta de pudores.

Você se entrega, Lourenço. Te sinto seu ao se entregar, me tenho inteira pra você. Me esfregaria lentamente pelo seu corpo. Alcançaria seu pau, afoito pela minha boca. Você não tem ideia do tanto que eu amo beber você. Cada gota. Minha buceta em sua boca quente. Deixaria que minha mão errante entrasse atrás e na frente, em cima, embaixo e entre. Nas bocas, um gosto de sal. Cavalgaria em você até explodir num gozo melado, gritado...

Tomei um gole da deliciosa caipirinha. Vi você ali, ainda cochilando, imenso e te amei. Senti tanta ternura!

A tarde estava caindo, e num ímpeto de mantê-lo aquecido e dormente estiquei meu vestido nas suas costas. Agradeci a Deus por tê-lo encontrado.

Mesmo que você não fosse tão tímido, eu não transaria com você numa praia habitada. Nunca fui exibicionista. De carinho, gosto em qualquer lugar. Cada manifestação sua, de carinho em público, está gravada em mim. Todas as vezes que chorei, não importa onde estávamos, você me abraçou e segurou minhas mãos, com um olhar tão doce! Como posso não te amar, Lourenço? No dia do show do Renato Braz, naquele casarão antigo do Centro, não sei o que me deu quando ele cantou a canção "Estate". Eu nunca a tinha ouvido, e como aquela canção me atravessou! Chorei tão gostoso! Foi tão acolhedor sentir sua mão afagando minhas costas, sem me perguntar nada. Nessa noite inesquecível, você ainda me beijou longamente na varanda do casarão, nem acreditei quando vi sua boca vindo na direção da minha.

E naquele dia em que fomos num outro lugar do Centro, aquele bar delicioso de onde dava pra escutar o show de samba no Anhangabaú, você também me beijou no estacionamento. Eu não esperava. E no teatro! Cada vez que a luz se apagava entre as cenas, você pegava na minha mão. Foi lindo aquilo. Nesses meses, nos tocamos tão poucas vezes em público, que sou capaz de me lembrar de cada uma delas!

Você sempre ri das cenas que são marcantes pra mim, são sempre as mais simples. O abraço ao pé da sua cama quando você voltou da Espanha. Você entrando de surpresa na minha cama na noite em que saiu com seus amigos. Delícia sentir seu cheiro e seus pelos enquanto você se esgueirava sob o meu lençol, sem que eu estivesse esperando, no meio da madrugada.

Quando o toque em público não é possível, as manifestações de afeto no privado crescem. Quando a porta se fecha, nossos corpos pegam fogo. Ardem. O calor do corpo teu incendeia meu corpo há meses. Não quero parar. Será que é assim que os casais do mesmo sexo se sentem quando estão num lugar onde não podem se tocar? Seu cheiro está impregnado em cada cômodo desta casa, Lourenço. Sua língua tatuada em cada trecho do meu corpo. Tenho medo que sua frase "abraço a gente pode dar em qualquer lugar" signifique que você não quer mais ficar comigo.

Não estou te cobrando nada, não estou reclamando de nada, só quero que fique mais. Fique mais, qualquer coisa fica melhor quando tem você. Fique mais depois do café, do almoço, do jantar, do filme, da festa, do banho gelado.

Desde o início, tenho medo que você queira parar de me ver. Eu te dei certeza da certeza do meu coração. Você tem pra mim o nome mais bonito. Lourenço... gosto de te chamar pelo seu nome todo. Seus amigos te chamam de Lou. Não gosto. Não quero diminuí-lo em nada. Vejo você grande, Lourenço. Só te sinto "Lou" quando, depois de gozar, você se deita em cima de mim. Nu, derretido, saciado. Eu, tão pequena; você, tão imenso, e aninhado, cabe inteiro em cima do meu corpo, Lou.

Desde segunda-feira, você está estranho comigo. Mais quieto. Formal. Foi na segunda que falei sobre o lance de sua semelhança com seu pai. Eu não queria magoar você. Desculpe o auê. Não é uma crítica. Eu não quero parar de te ver. Tô com medo que você não suba. De que só me queira como amiga. Doce é sonhar, é pensar que você gosta de mim como eu de você. Nós já transamos tantas vezes nesses meses, que seria estranho pra mim não poder tocá-lo, nem em público nem no privado. Eu não preciso de altar, só vem, repousa tua paz na minha.

Se você não quiser mais meu corpo, domingo ficará como o último dia em que transamos. Já reparou como os últimos momentos ficam marcados? Meu pai morreu num dia ordinário, foi à feira, comeu uma mexerica depois do almoço, tocou violão, seria uma terça-feira comum, sem nada a ser grifado, se ele não tivesse morrido no fim da tarde. Não sei quantas vezes eu contei para os meus amigos como foi aquele dia, último dia dele.

A transa do domingo vai ficar na minha cabeça por anos, mesmo que não seja a última. Seus dedos longos entrando na taça de espumante e, de lá, indo direto pra minha boca, seus dedos voltando pra taça e indo pra minha vulva. Dizem que os dedos sentem sabor, quem vai saber? Fiquei tão melada de tesão, de vinho e de paixão por você, que molhei o lençol inteirinho. Tudo por vazar – inunda o chão em volta. Você bebendo o espumante na minha buceta e na minha boca. Me senti tão potente! Deus! Eu pensei que fosse Deus, que eu fosse Deus, e que os mares fossem meus, como pensam os ingleses. Seu corpo embaixo do meu. Sua mão apertando meu queixo... como eu adoro isso! Eu quero o voo em tuas mãos...

Onde você aprendeu a fazer isso, Lourenço?

Onde você aprendeu a comer uma mulher desse jeito tão gostoso?

Você dentro de mim. Você dentro de mim. Você dentro de mim. Sua barba na minha nuca. Você dentro de mim. Você pousando suas coxas entre as minhas coxas antes de dormir. De repente um barulho me arranca de entre as suas coxas.

Nem percebi que os sete minutos já tinham se passado.

Batidas na porta da frente...

"Oi, Lourenço!"

Quando a porta abriu, você me olhou, você sorriu, ah, você se derreteu... e se atirou, me envolveu, me ninou, conferiu o que é seu. Meu amor, eu te amo e Deus é mais.

Sete minutos

"Não vá ainda" (Cristian Oyens e Zélia Duncan)
"Só nós dois" (Tim Bernardes)
"O mundo é um moinho" (Cartola)
"Exagerado" (Cazuza, Ezequiel Neves e Leoni)
"Se é pra você ficar" (Ana Gabriela)
"Disritmia" (Zé Katimba e Martinho da Vila)
"X" (Ana Gabriela)
"Elegia" (Péricles Cavalcante e Augusto de Campos)
"O meu amor" (Chico Buarque)
"Cavalgada" (Roberto Carlos e Erasmo Carlos)
"Estate" (Bruno Martino)
"Flor de tangerina" (Alceu Valença e Zé Ramalho)
"Embarcação" (Chico Buarque e Francis Hime)
"Fique mais" (Ana Gabriela e Lorena Chaves)
"Calendário" (Ana Caetano)
"Desculpe o auê" (Rita Lee e Roberto de Carvalho)
"Este seu olhar" (Tom Jobim)
"Doce amizade" (Jorge Aragão)
"Todo" (Necka Ayala)
"Resposta ao tempo" (Cristóvão Bastos e Aldir Blanc)
"Samba da volta" (Toquinho e Vinicius de Moraes)

Piano

Fiquei olhando para o meu celular. Quanto de coragem ele precisou pra me fazer aquele convite? Lendo a mensagem, pude sentir sua empolgação. Logo percebi que as palavras foram escritas num momento de impulso. Ele vazou. Transbordou. Deixou escapar. Confessou. Queria minha presença para além dos muros da universidade. Onde teria encontrado coragem para me escrever?

Eu só li um trecho da mensagem e senti tanto medo que fechei o aplicativo:

"Oi! Você não vai acreditar... eu vou assistir a um show de um pianista espetacular! Show de piano! Ele toca canções populares, só instrumental. Você já imaginou as palavras das canções sendo cantadas sem voz? As palavras desenhadas pela melodia... incrível. Pensei que talvez você queira vir pra cá..."

Foi bem aqui que fechei o aplicativo e me pus a olhar para o celular.

Me lembrei da primeira vez em que ele entrou na sala de aula.

Quando a porta abriu e ele entrou, mudou a atmosfera.

Fiquei olhando, sem conseguir formar uma percepção precisa sobre o que eu via. Figura forte, potente, delicada, misteriosa. Provocou em mim uma impressão estranha.

Até hoje não consigo explicar. Não consigo colocar em palavras. Sensação parecida com um dia em que eu estava caminhando numa trilha e a paisagem se transformou: o caminho, antes largo e com visibilidade de muitos metros adiante, foi se tornando estreito e sinuoso. Eu ia caminhando e não sabia o que me esperava nos passos a seguir. A vegetação foi se densificando, e os barulhos vindos do mato ficaram menos precisos. Senti o ar mais fresco. Tive um pouco de receio, mas a curiosidade me fazia avançar. Eu queria saber o que tinha naquelas pedras e depois delas. Em muitos momentos da minha vida, não avancei. Parei antes de atravessar as pedras. Passei anos me perguntando o que eu teria encontrado se tivesse seguido em frente. Nos últimos tempos, tenho revisitado essas histórias e percebi que, na maioria das vezes, não segui adiante por falta de desejo.

Algumas vezes eu até tinha desejo, mas não o suficiente para atravessar as pedras. E, quando tive desejo suficiente, as pedras desapareceram.

Naquela primeira aula, não tive certeza se eu gostava ou não de estar na sua presença, sua doce e intrigante presença. Ele parecia saber como chegar ao próximo passo, encadeava suas ideais de um jeito fluido. Homem sério, seguro, austero. Voz mansa. Cheio de energia, mas caminhava lentamente pela sala.

A primeira aula: o amor de Riobaldo e Diadorim, *Grande sertão: veredas*, de Guimarães Rosa. Começou bem. Seus olhos brilhavam enquanto ele saboreava as palavras de Guimarães: "Abracei Diadorim como as asas de todos os pássaros".

Nos meses seguintes, passei a admirar suas aulas; mais do que isso, passei a esperar por elas. Ele era um garimpeiro da beleza: encontrava nos poemas trechos perfeitos, que ele sabia de cor e, no momento exato, no contexto perfeito, recitava-os. Ele pensava em forma de poesia. Era natural em seu discurso, não soava arrogante.

Certo dia, no fim de uma das aulas, me espantei com meu sentimento: quando ele saiu da sala, me senti vulnerável, pensei que sentiria sua falta, me doeu pensar que demoraria dias para vê-lo novamente. Me senti numa rua deserta quando ele se afastou sem olhar pra trás.

Na nossa história, o primeiro convite partiu de mim, convidei-o para ser meu orientador no semestre seguinte. Ele aceitou!

E assim seguimos nossa trilha.

Em nossas reuniões de orientação, falávamos pouco sobre nossas vidas particulares, ele menos ainda do que eu. Não cabia. Nossa troca acontecia através dos textos, eu sentia sua admiração por mim. Admiração pelo que eu dizia e, principalmente, pelo que escrevia. Nos encontrávamos numa sala com uma mesa entre nós. Nossos papéis em cima da mesa. Sempre duas xícaras de café, pelo puro gosto de tomá-lo, o sono passava longe dos nossos encontros. Sempre estávamos despertos, acesos, falantes.

Ele com seu jeito mais contido, eu com meu jeito mais escancarado. Nós nos parecíamos, só que do avesso.

Sem nos darmos conta, outro encontro acontecia concomitantemente em nossas reuniões: em cima de nós, acima das nossas cabeças, nossas almas se encontravam e corriam soltas pelos ares. Nossas palavras se entrelaçavam. Sentíamos o vento batendo em nossos rostos, bagunçando nossos cabelos encaracolados, nos carregando para bons e novos lugares. Eu tinha a impressão de que vivíamos em dois mundos: o ordinário e o paralelo. No ordinário, cumpríamos nossos papéis; no paralelo, voávamos sem amarras sobre os campos da poesia. Um campo de letras e palavras, com flores no meio. Nada dito, tudo lido. Percebi em mim uma estranha habilidade: além de ler os textos com ele, eu conseguia ler o que se passava dentro dele. Eram rastros sutis que me levavam para a subjetividade que ele tentava esconder: um suspiro depois de uma leitura de uns dos meus textos poéticos, um sorriso de canto de boca quando eu falava sobre o amor, o jeito que ele mexia na gola da camisa quando me via lendo um trecho da minha tese. Por entre as frestas, eu percebia que meus textos tocavam um lugar profundo em sua alma.

Um dia ele confirmou minha percepção: cheguei, tirei da mochila meu texto e comecei a ler. Ele ficou me olhando, depois seus olhos se fixaram num ponto qualquer da sala. Eu sabia que ele estava prestando muita atenção. Em um trecho onde eu falava sobre a dor de não conseguir coagular um grande amor, percebi seus olhos emocionados e perguntei afirmando: você sabe como é essa dor, não sabe? Sua reação não vem só pela sua admiração pela minha escrita, você já sentiu isso, não sentiu? Ele sorriu e me disse: você me lê.

Sim, eu lia. Ele queria ser lido.

Nossos encontros eram assim, pura metáfora. Era bom. Nutritivo. Era preciso e era preciso: certeiro e necessário. Alimentava minha alma, me dava ânimo pra seguir com meus projetos, mesmo sem ter o mapa do trajeto.

Uma questão me intrigava: às vezes, quando eu o ouvia falando, eu sentia excitação, falo de excitação sexual. Eu já tinha me excitado ao ouvir outras pessoas falarem, mas quando estavam falando coisas eróticas. Com ele, meu corpo se excitava do nada. Arrepio percorrendo o corpo. Calor. Pulsações. O que era isso que ele provocava em mim? Como palavras podiam excitar? Como uma voz podia me excitar? Como um e-mail podia me excitar? Suas palavras me tocavam. Suas palavras tocavam meu corpo. Justo o meu corpo.

Passei tantos anos alimentando minhas ideias, tentando entender minha alma, que deixei meu corpo em segundo plano.

Estranhamente sua presença e suas palavras acordavam meu corpo e essa ideia me assustava. Não conseguia nomear o que sentia por ele. Não era só admiração intelectual, se fosse, meu corpo não se excitaria... Eu não sabia dar nome para o que sentia na relação com ele. Justo eu, que tenho tanta intimidade com as palavras; eu, que passei a vida nomeando meus sentimentos e minhas vivências. A palavra que me salvou nesse caso foi uma palavra que minha professora de italiano tinha me apresentado: *Inominatto*: Inominado. Aquilo que não tem nome. Aquilo cujo nome não se conhece. Aquilo cujo nome não pode ser dito. Era isso.

A ideia de não saber o que era isso me assustava, então construí uma fantasia que me reconfortava: eu nunca o tocaria fisicamente, com intenções eróticas. Fiz uma pequena lista de impedimentos que davam força à minha decisão:

"Ele é meu professor"

"Ele é mais velho."

"Ele é homem."

O primeiro item era o único que sairia da lista. Em breve, ele não seria mais meu professor.

Na nossa última reunião, a última antes da minha defesa, ele me disse:

"Não precisa ter medo. Seu trabalho está lindo e você se preparou para isso. Vai dar tudo certo. No dia da defesa, farei uma pequena oração por você."

Aquela delicadeza me tocou o corpo, especialmente o coração. Me lembrei de Aretha Franklin cantando *I say a little prayer*. Fazer uma pequena oração... existe alguma coisa mais bonita do que alguém dizer que vai rezar por você?

Sua pequena oração me ajudou, fiz uma ótima defesa. No fim da minha apresentação, nos abraçamos timidamente, num gesto de agradecimento mútuo.

Nos despedimos. Ele pegou na minha mão e disse frases enigmáticas: "até um dia, até talvez, até quem sabe. Eu acredito que essa não será a última vez que vou segurar sua mão".

Os meses se passaram. Pensei em escrever para ele, em arranjar algum pretexto para convidá-lo para um encontro, mas minha lista, que agora só tinha dois itens, ainda era forte o suficiente para me manter longe dele.

Nosso silêncio foi quebrado por aquela mensagem que eu ainda não tinha reunido coragem para ler. Eu estava com medo. Sei que o medo antecede a coragem, porque só podemos pensar em coragem se, antes, pensarmos sobre o medo. Não existe coragem sem medo, não existe amor sem medo.

Sei também que o medo e o desejo andam juntos. De onde eu tiraria coragem para terminar de ler sua mensagem? Abri novamente o aplicativo.

"Oi! Você não vai acreditar... eu vou assistir a um show de um pianista espetacular! Show de piano! Ele toca canções populares, só instrumental. Você já imaginou as palavras das canções sendo cantadas sem voz? As palavras desenhadas pela melodia... incrível. Pensei que talvez você queira vir pra cá..."

E a mensagem seguia:

"Ainda demora para o show começar. É naquele lugar que eu te disse que teve o show da Rosa Passos. Ainda tem ingressos, estou sentado no balcão em frente ao palco."

Terminei de ler. Essa era a mensagem completa. Depois que li, o que ficou rodando na minha cabeça foi a palavra piano. Piano. Piano. Piano. Ele não tinha como saber, mas, no dia anterior, minha professora de italiano ficou falando sobre essa palavra. É uma das palavras que tem mais significados em italiano, me lembrei de alguns: conforme o combinado, plano, andar (o sexto andar de um prédio, por exemplo: sexto *piano*). Devagar, lentamente. Quando repetida, ou seja, *piano piano*: gradualmente, com calma, aos poucos.

Me consultei sobre o meu desejo: ir ou não ir ao show? Me lembrei de uma peça de teatro a que tinha assistido. Um monólogo. Atriz e texto perfeitos. Em um dos momentos, ela fez uma diferenciação entre o correto e o bom. Ela disse algo mais ou menos assim: quando escolhemos pelo que é "correto", estamos atendendo ao corpo moral, já quando escolhemos pelo "bom" estamos atendendo a alma. *A alma imoral,* o nome da peça.

A quem eu atenderia?

Minha resposta para ele atendia ao corpo moral, mas minha decisão interna e o que eu faria a seguir atendia à minha alma imoral. Tinha um *piano,* quero dizer, um plano. Eu iria surpreendê-lo!

Minha resposta mentirosa:

"Que legal, parece que vai ser muito bom esse show. Agradeço pelo convite. Acho melhor eu não ir. É, eu não vou."

Ele respondeu imediatamente:

"Sim. Tudo bem, eu entendo que não venha."

"Sim, acredito mesmo que será muito bonito o show."

"Se eu conseguir, gravo um trecho e te mando."

Quando enviei a resposta, minha decisão já estava tomada: eu iria. Queria vê-lo. Queria ouvir o piano cantando sem palavras. Queria ouvir a melodia das palavras. Talvez eu quisesse que ele pegasse na minha mão.

Respondi que não iria, porque queria fazer uma surpresa. Eu tinha certeza de que ele acreditaria na minha recusa. Ele acreditaria na minha mentira. Afinal, eu nunca tinha mentido pra ele.

Uma vez, quando cheguei em uma de nossas reuniões, ele me disse que gostava das minhas cheganças, fazendo alusão a um texto do Chico Buarque.

Eu queria que aquela chegança fosse diferente. Surpreendente. Inesperada.

Entrei no carro e segui para o show de piano. Não lentamente, mas ao contrário: dirigi rápido até lá.

Sabia que ele estaria no balcão. Sabia que estaria sozinho. Sabia que ficaria surpreendido com minha chegada. Essa ideia me animava. Me deixava com a alma animada. Com um pouco de medo também. Mas, para o medo, não dei ouvidos. Rumei para lá.

Antes de entrar no elevador que me conduziria para o teatro, que ficava no sexto *piano*, mandei uma nova mensagem pra ele, para que nem desconfiasse que eu estava prestes a chegar:

"Como está aí? Fiz uma pesquisa aqui e vi que realmente o pianista é ótimo! Aproveite o show."

Ele respondeu:

"Está ótimo aqui. Além do espaço do show, que é lindo, tem um terraço muito bonito com vista para a avenida que, pra mim, é a mais linda do Brasil. Lembra que eu já te disse isso?

Sim. Aproveitarei, sim. Obrigado.

Em poucos minutos, começará o show."

No elevador, meu coração estava disparado. Como adoro fazer surpresas! Como adoro chegar sem que percebam que estou chegando!

A entrada foi simples. Comprei o ingresso e pedi que me levassem até o balcão.

Logo que entrei, avistei-o. Sentado no balcão, de perfil, a partir do ângulo do qual eu olhava.

Ele estava de frente para o palco. A moça que me conduziu disse que a primeira música do show tinha acabado de começar.

Ele estava muito concentrado, com o celular nas mãos, filmando a primeira música que o piano cantava.

Cheguei bem perto dele, que estava de lado pra mim e disse: "Oi!"

Sem identificar que era eu, ele se virou pra mim com uma cara que nunca vou esquecer: um misto de desprezo com indignação. Como se dissesse: não acredito que alguém pode chegar assim e interromper alguma coisa que estou fazendo tão concentrado.

Essa expressão facial durou poucos segundos. O tempo de ele perceber que a voz que disse "oi" tinha vindo da minha boca. O tempo de ele olhar e ver quem estava ali.

Quando me reconheceu, sua expressão mudou: o rosto dele se derreteu, e a indiferença deu lugar ao afeto. Um sorriso puro estampou seu rosto. Ele estava feliz e estava surpreso. Deu um pequeno grito. Um grito baixo. E me disse: "É você? Eu tava gravando pra você!".

Desceu da banqueta e me deu um longo e terno abraço.

Muito gentil, pediu que eu sentasse na banqueta a sua frente, mas eu preferi sentar atrás dele. Não sei por que, eu sentia que teria mais segurança, mais controle, talvez, estando atrás dele.

Percebi sua alegria por eu ter ido. Ele transparecia que estava num programa que parecia perfeito: lugar lindo. Piano. Um bom drinque. Terraço para a avenida mais linda do Brasil. Mas foi a minha chegada que deu a ele a percepção da perfeição, de que agora, realmente, não faltava mais nada. Foi isso que senti no seu rosto. Estava pleno. Grato. Não a mim, tinha cara de quem estava grato à vida.

Ele pediu um drinque para o próprio *barman* que fazia os coquetéis do lado de dentro do balcão em que estávamos. Adorei a originalidade do seu pedido. Ele disse ao rapaz: por favor, me faz um drinque? O que você quiser fazer, a bebida que você mais gosta de fazer, o que você fica mais feliz em fazer! O moço abriu um sorriso e fez um drinque maravilhoso pra ele!

O show seguiu, lindo. *Piano*, conforme o plano.

As palavras desenhadas pela melodia.

Numa delas, o piano começou a dizer: "Se todos fossem iguais a você, que maravilha viver, uma canção pelo ar, uma mulher a cantar, uma cidade a cantar. A sorrir, a cantar, a viver a beleza de amar". Nesse momento, ele, que estava na banqueta à minha frente, esticou para trás sua mão esquerda, numa clara intenção de alcançar a minha mão. E eu deixei que a pegasse.

Dentro de mim, sentimentos ambíguos: uma certa timidez que, ao mesmo tempo, não me fazia querer fugir. Segurei de volta a mão dele. Senti um calor saindo da minha mão e sendo transmitido para a dele. Também sentiu, se virou para mim, chegou bem perto do meu ouvido e me sussurrou: "Tá sentindo um calor nas nossas mãos?" Ainda disse: "Caramba, muito forte, o calor subiu até minha cabeça". Soltamos as mãos, ele se virou novamente para o palco. Fiquei pensando como ele tinha sido ousado! Que coragem! É preciso muita coragem pra tocar assim em uma pessoa. Gostei da surpresa, mas aí me lembrei que eu já sabia dessa possibilidade, me lembrei da sua frase na nossa despedida, no dia da defesa: "Acredito que esta não será a última vez que vou segurar a sua mão".

Não foi mesmo, ele tinha acabado de segurar, novamente, a minha mão. Eu gostei. Lembrei também da minha própria promessa: nunca iria tocá-lo com intenções eróticas. Será que eu tinha quebrado minha própria promessa? Fiquei alguns minutos perguntando isso ao meu corpo.

Ele desceu da banqueta, não sei para fazer o quê, e em pé, ao meu lado, me olhou. Eu estava olhando para o piano e vi seu olhar pelo canto do meu olhar. Ele me olhou com carinho, com ternura. Parecia feliz com a noite. Feliz com o piano. Feliz por ter segurado na minha mão.

O piano começou a cantar uma das canções de que mais gosto, "Acaso", do Ivan Lins. Amo a melodia e mais ainda a letra: "Não sei se o acaso quis brincar, ou foi a vida que escolheu, por ironia, fez cruzar o meu caminho com o seu."

O que teria feito nossos caminhos se cruzarem? Será que ele também tinha um coração cansado de sofrer? Só um novo amor pode a saudade apagar? Com essas frases, o piano encerrou o show.

As palavras do piano silenciaram. Outros sons encheram o espaço. Inclusive nossas palavras, as minhas e as dele. Falamos sobre a beleza do show, de como nossas almas estavam tocadas.

Falamos, falamos e falamos. Começamos falar sobre viagem e ele me disse que descobriu uma cidade de pedras, rodeada pelo mar e que, nela, as pessoas cantam nas esquinas! Achei encantador! Contei pra ele um antigo desejo meu: contratar um pescador que me leve pescar num lugar bem bonito, antes de amanhecer. Quero ver o dia clarear no barco! Fomos interrompidos por uma gentil garçonete. Ela nos disse que logo teria outro show e que teríamos que sair de lá. Nos disse que poderíamos continuar tomando nossa bebida no terraço. O terraço! Aquele que ele tinha comentado!

Ela nos conduziu até lá. O lugar não podia ser mais bonito. Nos acomodou em duas banquetas altas, de frente para uma bancada estreita. Ao alcance dos nossos olhos, a vista para a avenida mais linda do Brasil.

Céu aberto, noite clara, poucas estrelas visíveis.

Parecia um sonho estar ali com ele. Na minha cabeça, não tinha nada mais improvável que aquele nosso encontro debaixo daquele céu.

Pedimos mais dois drinques, o preferido do *barman*, que também passou a ser o nosso preferido.

Na conversa, nossa intimidade foi crescendo *piano, piano* e, quando me dei conta, estávamos trocando confidências sobre nossos passados, sobre nosso presente. A conversa fluida, profunda, leve, intensa, secreta. Confidências mesmo. Segredos. Ficou claro que nossa confiança era mútua. Eu sentia que podia ali, debaixo daquele céu, contar qualquer coisa pra ele que ele não iria me julgar, e percebi que ele também estava se abrindo com total liberdade. Não paramos de falar, de sorrir, de nos acolhermos com os olhos. O que nos contamos naquelas banquetas, com vista pra avenida mais bonita do Brasil, tomando nosso drinque preferido ficaria somente entre nós. Fizemos um pacto velado: o que foi dito ali ficaria ali.

Meu corpo continuava com aquelas esquisitices de se excitar sem toque. As palavras dele me excitavam. O olhar dele me excitava.

A voz dele me excitava.

Não sei bem como, viramos frente a frente as banquetas e intercalamos nossas pernas. Foi natural, sutil. Continuamos a deliciosa conversa com nossos joelhos se tocando, intercalados. Eu podia sentir o cheiro dele. Cheiro bom. Muito bom. Voz macia. Conversa boa. Olhares intensos. Sorrisos incrédulos por estarmos ali. Estávamos felizes. Felizes. Sem pressa. Muito assunto. Meus joelhos intercalados com os dele. Palavras. Drinques preferidos. Sorrisos. Intimidades. Segredos. Acolhimento. Meu corpo cheio de sinais de excitação. Enquanto falávamos, nossos joelhos se apertavam delicadamente, o que mexia com meu corpo que não parava de se arrepiar. Outra interrupção da garçonete: ela nos disse que encerrariam os serviços. Agradecemos e continuamos nossa conversa como se morássemos ali de frente para a avenida mais bonita do Brasil. As banquetas ao nosso redor foram esvaziando e vimos um bombeiro vindo em nossa direção. Um bombeiro! Não sei por que, não achamos aquela cena estranha. Ele se aproximou sorrindo e nos disse: vocês vão ter que ir. Vamos fechar o andar. Obedecemos sorridentes.

No térreo, nos olhamos como se não quiséssemos nos despedir. Não queríamos nos despedir. Ele me disse que pegaria um Uber, eu na hora disse que levaria ele em casa. Ele aceitou.

Quando dei por mim, estávamos ali, dentro do meu carro, cruzando a avenida mais bonita do Brasil. Minha playlist tocava aleatoriamente. A gente ria. Em dado momento, precisamente quando fui trocar de marcha, ele colocou sua mão esquerda na minha mão direita sobre o câmbio. Gostei tanto, que não quis interromper aquele toque. Entrelacei os dedos da minha mão direita nos dedos da mão esquerda dele. Ele puxou nossas mãos entrelaçadas e repousou-as em sua perna. Deixei minha mão esquerda no volante. Ela passou a ser a única responsável pela pilotagem do carro. Com a mão esquerda eu mexia no volante, com a mão esquerda eu mudava a marcha. Com a mão direita eu apertava sua mão quente e macia. Ele riu com satisfação e fez um comentário curioso: eu já fiz isso por alguém, mas ninguém nunca tinha feito isso por mim. Estranhamente, eu entendi.

Era curioso perceber, quando "um clima" está surgindo, tudo parece acontecer pra ajudar: entre mais de seiscentas canções da minha lista, começou a tocar justamente *I say a little prayer*! Ele virou de lado e começou a me olhar com um sorriso nos olhos. Fiquei sem graça, mas gostei do olhar dele. Soltei sua mão, e com a mesma mão direita, que agora estava solta, tampei seus olhos delicadamente. Sorrimos. Foi estranhamente íntimo aquilo.

Chegamos na porta de sua casa. Um sobrado azul. Em vez de parar e me despedir, estacionei o carro e desliguei. Por que fiz isso? Não sei responder.

Ele soltou a carteira e o celular no banco do carro e me disse: "tchau". Se virou pra mim e me abraçou. Senti meu rosto se embrenhando em seus cabelos. Meu peito colado no dele. Ele me apertou um pouco mais. E me abraçou como as asas de todos os pássaros. Senti meu rosto colado no seu. Ele começou a deslizar suavemente seu rosto no meu. Sua barba na minha barba. Sensação estranha, para quem tinha sempre deslizado em rostos femininos. Estranha, mas excitante. Meu corpo me contava.

Deslizou seu rosto um pouco mais, delicadamente. Seu cheiro masculino invadia meu nariz. Deslizou um pouco mais e ficou de frente pra minha boca. Nossas bocas fechadas. Roçou de leve os seus lábios nos meus e seguiu esfregando sua boca fechada do outro lado do meu rosto.

De olhos fechados, eu pulsava inteiro e, por um instante, pensei naquela minha lista de impedimentos. Ela não se mostrou eficiente, ao sentir o rosto dele deslizando no meu, uma única frase vinha à minha cabeça: danem-se as listas, os astros, se dane o evangelho! Eu vou beijá-lo. Caramba! Eu vou beijá-lo!

Quando ele terminou seu percurso do lado esquerdo do meu rosto chegou bem perto do meu ouvido. Pude sentir sua respiração ofegante, meu corpo se arrepiou ainda mais. Eu estava ansioso pra que ele fizesse o caminho de volta e encontrasse minha boca.

Dessa vez, eu queria que ele parasse diante da minha boca. Que colasse seus lábios nos meus. Que abrisse a boca. Que colocasse a sua língua dentro da minha boca.

Ele parou diante da minha boca. Colamos nossos lábios molhados, abrimos nossas bocas coladas, penetramos nossas línguas macias na boca um do outro. Enquanto nossas línguas dançavam suavemente dentro de nossas bocas, seus braços se cruzaram em minhas costas. As palavras já tinham desaparecido. Outros sons enchiam o espaço. A gente se beijou e se beijou e se beijou um pouco mais. Perdi a noção do tempo. A cada beijo, nossas bocas pediam outro beijo. A cada beijo, minha lista se rasgava aos poucos, se dissolvia, até que desapareceu.

Ele deslizava a mão nas minhas costas e com a palma da mão aberta apertava minha nuca. Eu não queria pensar, eu queria beijar. Contornei seus lábios com minha língua. Dei pequenas lambidas nos lábios entreabertos dele.

Nos beijamos delicadamente. Nos beijamos vorazmente. Nos beijamos loucamente. Nos beijamos longamente. Nos beijamos agradecidamente. Nos beijamos surpreendentemente. Estávamos surpresos. Surpreendidos. Eu sentia que ele estava muito excitado, principalmente, quando ele inclinava seu corpo em direção ao meu. Eu também estava muito excitado, e dessa vez não mais com suas palavras, mas com seu cheiro, sua boca, sua língua, seus apertos. Sua boca. Uma boca que agora sei que, além de falar lindo, beijava bem.

Eu não sei por que, não nos tocamos da cintura pra baixo. Parece que nossos beijos já eram inusitados demais para aquela noite. Para nossa história.

Ele parou de me beijar umas três vezes, pegava sua carteira e seu celular e ensaiava ir embora. Daí, soltava a carteira e o celular e se jogava novamente nos meus braços. Decidimos que teríamos que separar nossos lábios. Eu ainda tinha que atravessar a cidade pra chegar na minha casa e estávamos atordoados com a linda e estranha noite. Nossos olhares nos revelavam isso. Como a vida pode ser tão surpreendente?

Antes de descer do carro, ele segurou minha mão e ficou olhando pra ela. Não disse uma palavra, mas seu olhar me contou o que ele sentia: ele estava atravessado por sentimentos contraditórios: a alegria pelo que tínhamos acabado de viver e a tristeza por pensar que eu não permitiria que aquilo se repetisse. Me deu o último beijo e desceu do carro. Eu, olhando-o se distanciar, senti que ele estava enganado, eu queria senti-lo novamente em mim. Meu corpo queria. Eu queria saber o que tinha além daquelas pedras. Eu queria rodear novamente aquela montanha. Queria subir nela, escalá-la.

Quando ele entrou no sobrado azul, tive uma espécie de intuição, o pensamento veio de um jeito diferente da forma habitual. Não sei o que aconteceu, não sei se foram os beijos que me transmitiram sua habilidade, só sei que, assim como ele, pensei em forma de poesia. Foi Clarice Lispector quem apareceu em minha mente: "É lindo, é vasto, vai durar".

Piano

"Paixão secreta" (Ivan Lins e Vitor Martins)
"Eu que não sei quase nada do mar" (Jorge Vercilo e Ana Carolina)
"Sei dos caminhos" (Itamar Assunção e Alice Ruiz)
"Você é linda" (Caetano Veloso)
"Catavento e girassol" (Guinga e Aldir Blanc)
"Avesso" (Ceumar e Alice Ruiz)
"*I say a little prayer*" (Pharrel Williams e Tori Kelly)
"Até quem sabe" (Lysias Enio de Oliveira e João Donato)
"Boa Noite" (Djavan)
"Se todos fossem iguais a você" (Vinicius de Moraes e Tom Jobim)
"Acaso" (Ivan Lins e Abel Silva)
"Caminhos Cruzados" (Newton Mendonça e Tom Jobim)
"Dueto" (Chico Buarque)
"Me Deixas Louca" (Armando Manzanero e Paulo Coelho)
"Outono" (Djavan)

O jantar

Saí de casa duas horas antes do encontro. Sabe quando você quer ir logo pra um lugar com medo de que ele desapareça? Pensei: vou levar flores. Simples. Brancas. Flores brancas. Entrei no sacolão e, no meio das coloridas, estava a escolhida: astromélias brancas. Queria uma flor singela, com ar de pureza, de inauguração. Eram perfeitas. Pronto.

Passei no caixa com os olhos arregalados, como se estivesse com pressa. O rapaz do caixa, muito simpático, me disse: "Moça, com todo respeito, você vai namorar? Você está muito cheirosa!". Sorri. Senti que não era uma cantada, era uma confirmação. Eu ia namorar! Eu ia namorar! Fiquei pensando o que, além do perfume, tinha denunciado aquilo. Como ele percebeu? Ainda não tenho certeza da resposta, mas acho que viu meu coração. Deve ter visto um pedacinho do meu coração saindo pela boca quando perguntei se já podia colocar a senha, ou quando eu disse que não precisava de sacolas.

Primeira etapa concluída. Pronto. Agora o endereço do restaurante.

O celular apitou. Mensagem. Era ela:

"Dolores, tive um imprevisto no trabalho. Acredito que não vou conseguir ir ao nosso jantar."

Meu coração saiu pela boca e se deitou no banco do carona. Fiquei mais branca do que as flores, a conversa seguiu com minha resposta, que tinha ares de incredulidade:

"Sério? Já saí de casa. Estou a caminho."

"Já saiu? Mas ainda falta mais de uma hora e meia. Não é possível. Você tá mentindo?"

"Não tô, já saí mesmo. Eu tava muito ansiosa e queria comprar flores."

"Eu vou! Vou dar um jeito."

Pronto. Ela vai. Meu coração voltou pra dentro da boca. O sangue voltou a dar um colorido avermelhado à minha pele.

Ela pensou em fugir, pensou em não ir, mas não suportou a ideia de me deixar sozinha na mesa do restaurante. Com as flores e com uma taça de vinho. E com o coração despedaçado. Também não suportou falar não para o próprio desejo: ela queria me ver.

O restaurante era acolhedor e chegar ali me fez pensar na linda noite que teríamos. Se ela viesse. Tinha uma fonte com flores, bati uma foto. Sentei e pedi a carta de vinhos, eu queria vinho tinto. Precisava manter a cor nas minhas bochechas, se o coração saísse do corpo novamente. O garçom me indicou um tinto italiano com o mesmo nome do meu primeiro marido. Aceitei a sugestão. Eu fui amada naquele relacionamento. Fui amada ali. Foi uma bonita história de amor. É importante guardar na alma os momentos em que nos sentimos seres amados.

Os amores são por um tempo, eles têm um ciclo variável: poucos meses, poucos anos, muitos anos ou muitas vidas. Não sei ao certo se acredito que a gente tem várias vidas, mas gosto de acreditar nisso.

Um dos meus ciclos de amor foi com ele, que tem o mesmo nome do vinho. Eu ainda era criança quando nos conhecemos. Ficamos juntos por muitos anos e, nesses anos, deitar no peito dele era a maior sensação de paz que eu podia experimentar.

Quanto mais o tempo passa, mais acredito que amor e paz caminham juntos. Estou falando em paz como ausência de inquietação. Quando você está nos braços da pessoa e pensa: era exatamente aqui que eu gostaria de estar. Quando dá vontade de ficar nos braços de uma pessoa e nunca mais sair.

O garçom trouxe o vinho, adorei o sabor na boca. Me serviu uma taça, e em cima da mesa ficaram as flores brancas, a garrafa, a taça, meu celular e meu coração.

O celular acendeu. Meu coração pulou em cima da mesa.

Mensagem dela:

"Já estou a caminho."

Ao lado das palavras ela colocou um coração verde, destes disponíveis nos aplicativos.

Uma única frase que me fez flutuar.

A caminho. A caminho. Ela vem! Ela vem! Há caminho!

A porta do restaurante era imensa, e meus olhos não saíam dela. Cada vez que a porta se abria eu olhava para ver se era ela chegando. Será que ela vem? Essa pergunta martelava minha mente. A porta abria, eu olhava pra porta. Um casal que estava na mesa ao lado olhava pra mim. Eles pareciam entediados. Cada um olhando pro seu próprio celular. O tédio só parecia desaparecer quando olhavam pra mim. Eu tinha olhos de criança esperando a mãe chegar em casa depois de um dia de trabalho. Olhos ávidos de mar. Olhos de quando eu era pequena e estava esperando começar *O pássaro azul* ou *A fantástica fábrica de chocolate* na Sessão da Tarde.

A porta abriu pela vigésima vez. Ela entrou. Ela veio! Meu coração pulou. Pés fora do chão. Coração nos pés. Senti vontade de correr, de ir ao encontro dela, seu corpo contra o meu, num giro pelo ar.

Fiquei parada. De pé, ao lado da mesa. Ela se aproximava. O casal da mesa ao lado parou tudo pra assistir à cena.

Ela sorria enquanto caminhava e eu também sorria. Meu coração batia nos pés, parece que foi o peso dele que sustentou meu corpo. Foi também o peso dele que me impediu de correr ao encontro dela.

Nos abraçamos e depois nos olhamos. Dos nossos olhos saíam faíscas. Nossos olhos não sorriram: gargalharam. Foi durante o abraço, sentindo o calor do corpo dela, que meu coração voltou para seu lugar dentro do peito.

A mulher que andava nua pelo meu país estava diante de mim, vestida. Linda com aquela roupa! Ainda em pé, eu disse uma frase estranha:

"Você tá muito linda vestida."

Ela começou a rir e falou:

"Só você, Dolores, que frase mais esquisita."

Rimos mais.

Sentamos. Comecei a observar o quanto estava feliz por estar ali, com ela. Sensação de paz. A paz que Deus me trouxe é a paz que tu me dá. Depois que nos sentamos eu não sei bem o que aconteceu, só sei que as mesas ao redor sumiram. As vozes que antes estavam ali também sumiram. Eu só ouvia a minha voz, a voz dela e o som das nossas risadas. Parecia um sonho. Quantas vezes eu tinha tomado vinho pensando nela, e agora estava ali, tomando vinho com ela. Meus olhos se fixaram nos lábios dela tocando na taça transparente. Custei a acreditar que aquele encontro realmente estava acontecendo, mas estava. Um encontro.

A conversa se construiu de um jeito tão leve, parecia uma dança. Entre outras confissões, ela me contou sobre seu desejo de ser mãe, e nesse momento, saíram estrelas dos olhos dela. Um assunto puxava outro, que puxava o outro, parecia que estávamos correndo livres entre as árvores de um bosque.

Naquela mesa falamos de amor. Não sobre o nosso amor. O nosso amor naquele momento ainda era uma nascente. Um fio de água que tinha acabado de começar a brotar. Ainda não sabíamos que não pararia de jorrar, que transbordaria. Não sabíamos ainda que nosso amor se transformaria em rio e que, juntas, correríamos para o mar. Que viraríamos conchas, que viraríamos peixes, que amaríamos o amor urgente e o amor serenado. Ainda não sabíamos que, deitadas uma no peito uma da outra, encontraríamos a paz.

Falamos também um pouco sobre desamor, mas não quisemos nos deter muito nele. As memórias de amor devem ser guardadas; as de desamor, curadas.

Aquela conversa capturou meus ouvidos e me fez esquecer por um momento de todas as cenas lascivas e delicadas que com ela eu construía na minha cabeça. Eu vivia fantasiando delícias com ela. Ela e eu deitadas na cama. Eu engolindo, um a um, os dedos dos seus pés. Ela mordendo minha orelha enquanto puxava suavemente meus cabelos pela nuca. Nós duas em pé, eu encostada na parede, ela passando a língua nos meus mamilos e lambendo entre os meus seios. Ela encostada na parede, eu de joelhos degustando sua vulva. Ela acariciando meus cabelos. Ela colocando flores brancas nos meus cabelos soltos. Eu dançando pra ela com um vestido branco e dourado. Ela em cima de mim, me olhando nos olhos enquanto me penetrava com os dedos. A gente se beijando por horas, horas, horas e mais horas.

Essas cenas que rodavam minha cabeça dia e noite, naquele momento, estavam em pausa. O que estava acontecendo era exatamente o que eu gostaria que estivesse acontecendo. Tudo que eu queria estava ali: ela vestida, sua voz, seu olhar e o vinho entrando pela sua boca. Também tinha as mãos dela. As mãos em cima da mesa, bem ao alcance das minhas mãos.

As mãos. Ela não era a primeira. Eu já tinha tido outros encontros e outras namoradas, mas nunca andei de mãos dadas com elas na rua. Nunca entrei de mãos dadas num restaurante. Nunca andávamos de mãos dadas na beira da praia, nunca. Elas não tinham a iniciativa, nem eu. Apesar de sentir vontade, me faltava coragem. Talvez fosse medo ou algum tipo de falta de autorização interna mesmo.

Olhei pra mão dela sobre a mesa. O esmalte que ela tinha nas unhas era em tons de terra. Deslizei minha mão pra perto da dela. Ela não tirou a mão do lugar. Tive coragem pra avançar e coloquei minha mão sobre a dela. Meu esmalte roxo entrelaçado com o esmalte terroso dela. O céu que toca o chão, eram dois lados dando as mãos. Meu coração foi parar na ponta dos dedos.

Ela ficou tranquila e me deixou segurar sua mão. Eu não estava tranquila, porque sabia que por mais que eu não visse e não escutasse as outras pessoas, elas estavam lá. Senti medo que ela soltasse minha mão. Apertei mais forte pra que ela ficasse ali, para que sua mão não fugisse da minha.

Ela estava confortável e eu estava encantada por pegar, pela primeira vez, em público, na mão de uma mulher, e ainda mais a mão dela. Foi nessa hora que ela me disse uma frase surpreendente:

"Dolores, vou falar com meu marido sobre você."

Olhei com os olhos arregalados e respondi:

"Você tá louca? Acha que ele vai aceitar essa situação?"

"Não sei. Sei lá. Ele vai ter que aceitar. Eu não quero mentir pra ele e não vou conseguir me afastar de você. Eu não vou conseguir, Dolores.

Fiquei quieta, não sabia o que dizer. Ali, de mãos dadas com ela, entendi com a cabeça e com o coração que ela estava apaixonada por mim. Eu também estava apaixonada por ela. Muito. Eu estava muito apaixonada.

Chegou nosso jantar, comemos e continuamos a conversa, já em outro assunto. Não me lembro dos pratos que pedimos, nem do sabor. Acredito que estavam bons. No final do jantar, dois *espressos*. Puros. Sem açúcar. Delícia.

Ela me disse que ia ao banheiro e se levantou. Parada ao lado da mesa, me olhou com um sorriso no canto da boca e me perguntou: você não vem? Eu entendi na hora. Aquilo era um convite. Meu coração foi parar na vulva. Me levantei e seguimos para o banheiro. Entramos as duas numa daquelas pequenas cabines, canelas à mostra. Nos beijamos. Nos beijamos. Nos beijamos um pouco mais. Tivemos uma conversa bem abraçadas, com as bocas quase coladas, eu comecei:

"Que bom que você veio. Eu tava te esperando."

"Claro que eu vinha, Dolores, eu te falei na mensagem que eu vinha."

"Não tô falando de hoje. Que bom que você veio pra minha vida. Eu tava te esperando, nem sei há quanto tempo."

Ela sorriu um sorriso lindo e disse:

"Você não tem ideia do poder que você tem. Não tem ideia do que causa em mim. Eu devia estar numa energia muito boa quando você me encontrou. Eu nem percebi você chegando, esse teu coração entrou bem devagar e, de repente, quando eu vi, ele já tava lá. Uma onda, você é uma onda, Dolores, invadiu tudo aqui."

"Eu acredito em destino. Se for pra ser, será. Você confia nisso? Acredita em destino? Eu não quero te deixar. Vamos viver tudo o que há pra viver."

"Acredito sim, Dolores. Eu também não quero te deixar. A gente vai viver tudo o que estiver escrito."

Mais alguns beijos. Eu não queria que aquele momento acabasse nunca, mas a gente precisava voltar pra mesa. O restaurante estava vazio, não só na minha cabeça.

Me lembrei de duas moças que namoravam escondidas na minha faculdade. Todas as manhãs elas entravam numa dessas cabines do banheiro e ficavam namorando lá. Às vezes a gente ouvia pequenos gemidos e risadinhas. A maioria das pessoas achava engraçado e tirava sarro. Eu achava bonito. Sempre achei o amor bonito.

Voltamos rindo pra mesa. Saltitantes. Falantes. Ela não escondeu que estava feliz e satisfeita:

"Como a gente tem assunto, né? Eu ficaria aqui falando, falando..."

Pagamos a conta. Pronto. Pensei que nossa noite tinha acabado.

Na porta do restaurante nos despedimos. Muitos

abraços, beijos no rosto, ali na frente dos manobristas.

Ela me disse sussurrando:

"Deixa eu te cheirar um pouco mais, quero guardar seu cheiro, Dolores. É um cheiro tão seu, um cheiro feminino, um cheiro de mulher. O cheiro dos seus cabelos se mistura com o cheiro do seu perfume que se mistura com o cheiro da sua pele..."

Falou isso enquanto farejava todas as partes do meu corpo que seu nariz podia alcançar num abraço.

Eu me sentia no céu, ainda sem saber que em poucos minutos eu viveria uma das situações mais deliciosas que já vivi na vida. Não importa quanto tempo eu viva, sempre que essa lembrança me atravessar, vou sorrir, mesmo que eu tenha cem anos. Eu vou lembrar e rir.

Entramos cada uma no seu carro. Nosso itinerário coincidia em certo trecho, o que fez que pegássemos a mesma avenida por alguns quilômetros. Foi ali que o último presente da noite se apresentou:

Seguindo o trânsito, nossos carros ficaram paralelos em alguns momentos e quando passávamos uma pela outra nos olhávamos maliciosamente como se não nos conhecêssemos e estivéssemos nos paquerando. Até que, no rádio do meu carro, começou a tocar uma canção francesa, sensualíssima. "Não me deixes, não me deixes". E nós tínhamos nos prometido que não nos deixaríamos poucos minutos antes.

O farol fechou. Emparelhei meu carro com o dela, abri o vidro e em plena avenida numa cidade distante do mar, dançamos. Cada uma no seu carro. A gente dançou olhando uma no olho da outra, cheias de desejo, a gente estava se devorando. *Deux reines*, duas rainhas, dançando no paraíso, um paraíso que tínhamos acabado de inventar. Abençoadas por Baco. Inebriadas, mais pelo desejo do que pelo vinho. Meu coração estava no céu. O farol abriu, ela acelerou. Percebi que no carro que vinha atrás do carro dela tinha um casal, eles tinham assistido a tudo e estavam me olhando, sorrindo, fazendo caras e bocas, sugerindo que queriam participar da nossa festa. Fechei a cara e o vidro. Me senti invadida. Aquela festa era particular, não cabia mais ninguém.

Com tanta emoção perdi a entrada que me levaria até minha casa. Parecia um ímã, eu continuava seguindo, atrás do carro dela.

Ela me ligou, nós duas falamos pelo viva-voz. Ela estava eufórica. Eu também. Ela gritava frases e eu gritava outras. Frases sobrepostas entre gargalhadas, vozes misturadas. Eu me lembro de algumas: você é louca, Dolores, eu queria ficar mais com você. Eu tô com medo de falar o seu nome em casa. Vou dormir com você na cabeça. Seu cheiro tá grudado em mim. Adorei a noite. Você é linda. Eu perdi a entrada. Não sei como voltar. Amei beber com você. Não me deixe. *Ne me quitte pas*. Preciso achar o caminho. Só não te levo pra minha casa porque não posso. Eu quero te beijar mais. Você fica linda me olhando assim. Vou retornar aqui. Me escreve quando chegar.

E assim pegamos os rumos para as nossas casas. Um desejo, duas vidas, um rio inteiro, sem direção. Pronto.

O jantar

"Sei" (Nando Reis)
"Frisson" (Tunai)
"Sonho de valsa" (Flávio Venturini, Murilo Antunes e Vermelho)
"João e Maria" (Sivuca e Chico Buarque)
"Mar e lua" (Chico Buarque)
"Dolores" (Agnes Nunes e Xamã)
"Mimar você" (Caetano Veloso)
"Que seja pra ficar" (Mariana Nolasco)
"Moça bonita" (Capinam, Geraldo Azevedo)
"Tempos modernos" (Lulu Santos)
"Flor do medo" (Djavan)
"*Ne me quitte pas*" (Jacques Brel)
"Dois rios" (Samuel Rosa, Lô Borges e Nando Reis)

Quarto quatro

Imberbe. Imberbe... Nunca fui boa com as palavras, na verdade, nem sou muito interessada nelas. Nem sei por que, essa palavra chamou minha atenção: "imberbe"...

Fiz uma coisa que não costumo fazer, fui procurar o significado no dicionário. Jurava que tinha alguma relação com bebida, com beber. Nada disso! O resultado da minha busca foi surpreendente, quase um choque: imberbe é aquele que não tem barba! Comecei a rir e me perguntar: quando eu usaria essa palavra? Provavelmente, nunca.

Lembrei de um dia em que assisti a um documentário com meu irmão. O assunto era utilíssimo: como reagir ao ataque de um urso pardo ou de um urso preto. Tudo bem explicado. Urso pardo: ficar imóvel, em posição fetal. Urso preto: esqueça a passividade e ataque. Se mostre feroz, imenso, intenso. Quando o programa acabou, eu e meu irmão estávamos tensos e checamos um com o outro se tínhamos entendido bem todas as instruções. Em seguida, gargalhamos... qual a chance de encontrarmos um urso pardo ou preto no Brasil? Naquele momento, vi tanta utilidade em saber o que significa "imberbe" quanto o que tinha visto naquele documentário.

Tem situações que nunca acontecem. Você até pode desejar. Até temer. Até se preparar, mas não acontecem.

Comigo nada acontece. Eu escolhi transformar minha vida num marasmo. Melhor assim, sem grandes emoções.

Ouvi dizer que a vida só se dá pra quem se deu. Talvez eu não tenha me dado, por isso a vida não me deu e não se deu.

Por não viver muitas coisas que eu gostaria de ter vivido, me transformei numa mulher invejosa. As pessoas falam mal da inveja, relutam em admitir que têm, mas têm! Inveja é como bunda, todo mundo tem. Por exemplo, eu sinto inveja quando vejo os casais de jovens se "atracando" do lado de fora da catraca do metrô. Dando aqueles beijos profundos de língua, aqueles amassos mesmo... Eu penso: que delícia que deve estar aquilo! Aposto que ela está toda molhada e que ele está com o pau tão duro que deve estar quase ultrapassando o tecido das suas roupas. Delícia isso!

Eu queria viver um amor desses, de cinema.

Uma vez fui até Santos. Como acho lindo o nome dessa cidade: Santos! Coisa linda uma cidade ter o nome de Santos! Muitos santos! Ao chegar lá, olhando para o mar, pedi que Iemanjá me trouxesse um amor. Um amor mesmo! Arrebatador. Que arrancasse minha dor. Eu pedi isso pra ela, mas, ao mesmo tempo, estou conformada com a mesmice da minha vida. Uma amiga me disse que sou ambígua. Ambígua não, contraditória. Isso! Ela disse que eu sou contraditória. Sei lá se eu sou.

Eu, além de amor, gostaria de viver uma experiência sexual intensa, apaixonada. Nem me lembro qual foi a última vez que me senti molhada, lambuzada.

Deixei a bolsa na cadeira e fui escolher minha comida. Gosto de restaurantes em que as comidas são por quilo. São bem mais práticos e têm mais opções. Sempre pego arroz, feijão, batata frita e um grelhado. Não sou muito boa com grandes variações culinárias, vou sempre no mesmo. Uma amiga me disse que tenho paladar infantil. Sei lá se eu tenho.

Quando eu estava voltando pra mesa com meu prato de todo dia, percebi um homem me olhando. Abaixei a cabeça. Joguei o olhar para minha sandália. Levantei os olhos novamente e olhei na direção dele. Ele estava me olhando. Era um olhar sorridente, malicioso. Eu nem sei há quanto tempo alguém não me olhava assim. Era um olhar interessado, não era ofensivo, desses que a malícia passa dos limites. Um olhar penetrante. Lancinante.

Sentei à mesa um pouco desconcertada.

Era um homem bonito. Alto. Cabelos castanhos. Olhos amarelos. Fixei meus olhos nas batatas do meu prato e tive uma ideia maluca. Nem eu estava acreditando na loucura que me veio à cabeça. Quanto mais eu pensava naquela loucura, mais eu me sentia uma doida varrida, ao mesmo tempo, aquela ideia foi me excitando e comecei a me sentir viva, pulsante.

Passei exatos cinco minutos olhando com cara de louca para o meu prato e pensando que só uma mulher muito vulgar pensaria no que eu estava pensando. Só uma destemperada. Uma vadia. Uma mulher selvagem. Eu não era nada disso. Não me reconhecia nessas imagens. Eu era uma mulher comum, com uma vida comum. Eu não era uma ordinária, minha vida era ordinária. Mais comum impossível. Mais tediosa impossível.

Olhei para o garçom e, justamente no mesmo momento, o garçom me olhou. Acenei com a cabeça para que ele viesse até mim. Ele veio. Pedi uma caneta e um papel. Ele trouxe. Respirei fundo e escrevi o bilhete mais insólito da minha vida: "Olá, eu gostaria de te encontrar no hotel atrás da praça, na próxima quarta-feira. Na hora do meu almoço. Treze horas. Chegue antes. Seja discreto."

Acenei com a cabeça novamente para o garçom que, em um quarto de minuto, já estava ao meu lado. Entreguei o bilhete com o pedido de que o entregasse ao homem alto que estava na mesa do canto.

Não sei a reação que ele teve quando recebeu o bilhete. Nem vi. Não olhei. Não acreditei no que tinha feito. Duvidei da minha sanidade. Mas uma coisa estranha aconteceu: só de escrever aquele bilhete, senti minha buceta molhando. Molhou bem! Não foi só isso. Minha buceta começou a apertar, pulsar. Ainda bem que eu estava de vestido. Se estivesse de calça, talvez alguém pudesse ter percebido.

Não terminei o prato que eu mal tinha começado a comer. Fui embora. Voltei pra chatice do meu trabalho. Escritório de contabilidade. Uma bênção. Meu chefe adora berrar meu nome, ele senta na mesa bem atrás de mim, mas grita como se eu estivesse no Polo Norte: "Dalila", esticando bastante o "a": "Dalilaaaaaaaa"! Eu nunca me acostumo, sempre tomo um susto. E o pior é que quase sempre é pra me falar uma coisa inútil. Em casa é a mesma coisa, meu nome parece doce na boca do Otávio. Se estamos em casa, me chama o dia todo: "Dalilaaaaaaaa, você sabe onde tá meu short cinza? "Dalilaaaaaaaa, qual é o telefone do mecânico?". Estou ficando até com abuso do meu próprio nome.

O dia passou ligeiro. Não pensei mais no que tinha acontecido no almoço. Ainda era sexta-feira, e o suposto encontro, possivelmente sexual, num hotel barato, com um homem bonito e do qual nem o nome eu sei, aconteceria na quarta. Que loucura! Eu não quis pensar. Tenho uma amiga que me fala que não paro para refletir sobre as coisas. Sei lá se não paro.

O fim de semana passou como de costume: dei um brilho na casa no sábado, macarrão e frango assado na sogra no domingo. Na volta, fiz minhas unhas. Pela primeira vez, titubeei na escolha da cor do esmalte: sempre passo tons de branco, rosas claros, o mais ousado é o Rosa Rei. O Otávio não gosta dos tons de vermelho, nem pra esmaltes nem pra calcinhas. Diz que vermelho é cor de puta. Uma amiga me disse que ele tem razão, sei lá se ele tem.

Diante da minha sacola de esmaltes de tons pastéis, pensei no encontro de quarta: e se o encontro acontecer? E se eu for? E se ele for? Eu não queria estar de esmalte claro nas unhas, mas eu não teria como esconder por dias, minhas unhas pintadas de vermelho. Rosa. Decidi pelo rosa, a contragosto.

Foi inevitável pensar na calcinha e no sutiã! Eu não queria aparecer lá com calcinha bege, pelo amor de Deus! Pensei numa estratégia: na segunda-feira, na hora do meu almoço eu iria até as lojas Sueli e compraria um conjunto vermelho, lá ninguém me conhece. Achei uma solução e arrumei um problema: como lavar e secar em casa? Bom, lavar seria fácil, o Otávio nem sabe que em casa tem tanque e máquina de lavar. Mas como eu faria com o varal? Ele notaria as "peças de puta" penduradas no varal. A solução veio de uma memória da minha infância: eu e meus irmãos tínhamos poucas roupas e minha mãe tinha um ótimo truque para acelerar a secagem: ela punha as roupas atrás da geladeira! Era isso, decidi que secaria minhas lingeries *sexies*, no motor da geladeira. Me senti besta por gastar tanta energia com um encontro que eu nem sabia se aconteceria. Minha amiga sempre me diz que gasto energia à toa com as coisas. Não sei se eu gasto.

Eu achava muito estranho pensar que estava tecendo fantasias eróticas com um homem desconhecido, e com o Otávio, eu não tinha vontade nem do "feijão com arroz". Ele me intimidava. Ou eu me sentia intimidada por ele. Na cama, ele pedia pra eu me mexer menos, não gemer alto. Reclamava que eu tava seca, reclamava que eu tava molhada. Nunca incentivou novidades, o que levou a gente a um empobrecimento do que já era empobrecido. Aceitei por anos deixar minhas fantasias eróticas guardadas. Nunca imaginei que voltariam à vida num restaurante por quilo, num almoço no meio do expediente, com um homem do qual o nome eu nem sabia.

Quarta-feira. Acordei agitada. Antes de sair para o trabalho, enfiei na bolsa as minhas peças íntimas vermelhas, recém-adquiridas, minha sacolinha de maquiagem e lenços umedecidos. Uma amiga me disse que o lenço umedecido foi a melhor invenção dos últimos vinte anos, acho que ela tem razão.

Na parte da manhã, não consegui me concentrar em nada do trabalho. Só pensava na hora do almoço.

Meio-dia e quarenta e cinco corri para o banheiro. Troquei as roupas. As roupas de baixo. Lenços. Sombra verde, leve, máscara nos cílios. No pé, uma sapatilha, na bolsa um *scarpin* preto. Coloquei o salto na bolsa pra não correr o risco de torcer o pé no caminho até o hotel. O trajeto curto, feito a pé, revelava minha respiração entrecortada, ofegante. Eu não podia ficar suada. Eu não podia parecer nervosa. Eu não podia estar fazendo aquilo, só podia estar louca, a cada passo, eu me perguntava aonde tinha ido parar a minha sanidade. Tenho uma amiga que diz que sou louca, não sei por que ela fala isso, mas acho que tem razão. Torci para ele não ir, assim eu voltaria, desolada e aliviada, para o meu tédio.

Cheguei ao hotel. No estômago, um nó. Vinte passos até a recepção. O bom dia da mulher com óculos na ponta do nariz, atrás do balcão, me estremeceu - e foi com a voz trêmula que perguntei: "Bom dia, chegou um rapaz e disse que esperaria por uma mulher? A recepcionista respondeu de um jeito curto, apontando com um movimento de cabeça para a escada de madeira: "Quarto quatro".

Queria chegar no quarto com ares de mulher fatal. Para que ele pensasse que eu era experiente, uma mulher iniciada nas artes eróticas. Eu não era. Nunca fui boa nisso. Ou será que nunca tinha encontrado um homem que me despertasse?

De todo jeito, aquela, sem dúvida, era a experiência mais ousada da minha vida.

Eu estava com uma blusa de botões e, por baixo, minha mais nova aquisição: a lingerie vermelha.

Subi as escadas velhas.

Discretamente, se é que isso é possível, tirei o salto da bolsa e pus nos pés. Ao subir as escadas, tive medo de que ele fosse um psicopata, daí me lembrei que, nessa história, eu é que estava parecendo a psicopata. Cheguei na porta do quarto, bati suavemente. Imaginei ele gritando: "Entra!" - pelado, deitado de pau duro na cama. Na minha cabeça, a maioria dos homens faria isso se uma mulher se oferecesse pra ele, como me ofereci.

Mas ele não era a maioria dos homens. Abriu a porta - vestido - com um sorriso, me convidou pra entrar. A primeira frase que veio à minha cabeça: que homem lindo!

O quarto era simplório, colchão fino. Toalhas floridas. Uma cortina de *voil* quase transparente, encardida. O cheiro era bom. Depois, descobri que aquele cheiro era dele.

Ele me esticou a mão e disse: "Antônio". Retribuí o toque e disse com voz aveludada: "Dalila". Estávamos apresentados. Agora eu sabia, ao menos, seu nome. Ele se sentou na beira da cama e fez um sinal com os olhos, me convidando a me sentar ao lado dele. Sentei e logo pensei que ele avançaria em mim como um urso pardo ou um urso preto, e eu não saberia o que fazer. A maioria dos homens faria isso. Mas ele não era a maioria dos homens. Nossa primeira conversa foi surpreendente para mim, na verdade, o surpreendente para mim foi conversarmos naquela situação:

"Dalila, seu nome, nome bonito. Me conta um pouco sobre você, Dalila."

Como assim... eu pensei! Não acreditei no que estava acontecendo.

"Obrigada. Antônio, você deve achar que sou louca ou puta, sei lá. Eu não sou. Louca, talvez um pouco. Mas não sou puta. Eu nunca fiz isso, não sei onde eu estava com a cabeça quando te mandei aquele bilhete."

"Eu não pensei em nada disso. Te achei corajosa. Por isso eu vim."

"Moro naquela casa verde com portão branco e jardim, do lado do Sacolão da Santa. Sabe?"

"Acho que sei sim. Cheguei há pouco na cidade. Faz menos de um ano que vim pra cá."

"Sou casada. Não tenho filhos."

"Eu já fui. Tenho dois, moços já."

Nossa conversa seguiu. Inacreditavelmente seguiu, e foi fluida. Me senti ouvida. Não vou negar, fiquei olhando para a boca dele, para os dentes brancos, para os pelos que escapavam por cima dos botões da camisa branca. Voz gostosa. Eu queria que ele pulasse em mim. Não pulou, a maioria dos homens pularia, ele não era a maioria. Uma hora e meia de conversa. Parecia que já nos conhecíamos.

Eu fiquei surpreendida com o rumo que as coisas tomaram. Eu temia e, ao mesmo tempo, esperava que ele me tratasse como um corpo: teta, bunda e buceta. Mas ele quis conversar. Quis saber de mim. Se interessou por mim.

Eu nem sabia muito o que dizer. Enquanto conversávamos, eu olhava fixamente para a boca dele. Boca rosada. Parecia gostosa. Uma amiga me disse que quando a gente conversa com alguém olhando diretamente para a boca, a pessoa não percebe, disse que não dá para distinguir se estamos olhando pra boca ou pros olhos. Eu fiquei olhando para a boca dele. Me desconcentrei do assunto, a boca dele se movendo ao falar me fazia imaginar a boca dele na minha boca. Aqueles lábios rosados no meu pescoço, a língua dele na minha orelha, a língua dele no meu ouvido. Para disfarçar meu desejo, eu falava, falava, falava. Boca, tua boca, boca, tua boca, cala a minha boca.

Passamos toda a uma hora e meia do meu almoço ali, sem nenhum toque. Olhei no relógio, dei um pulo. Hora de ir.

Nos despedimos com um abraço e combinamos o próximo encontro para quarta. Treze horas. Na hora do meu almoço. Mesma suíte, a quatro. No abraço, me arrepiei quando senti o corpo dele - vestido - colado ao meu. Senti calor. Molhei a calcinha.

Quarta-feira, treze horas. Entrei no quarto, Antônio já estava lá. Bonito. Sorriso no rosto. Nos abraçamos, dessa vez, sem palavras. Minhas pernas moles, quase sem sustentação. Primeiro beijo. Vi estrelas. Só pra anoitecer nosso almoço em plena luz do dia. Ninguém me beijou mais puro. "Meu Deus. Meu Deus." Eram as únicas palavras que vinham à minha cabeça. Eu podia morar na boca dele.

Eu não queria falar, não queria ouvir, não queria ser ouvida, só queria me agarrar ao corpo dele. Queria deixar a profundidade de lado e ficar colada na pele dele noite e dia. Mas eu só tinha a hora do meu almoço.

Ele me beijou muito, muito, muito, eu encostada na parede, ele encostado em mim.

Foi me conduzindo para a cama, travesseiros soltos, roupas pelo chão. Finalmente, minha lingerie - cor de vinho, dessa vez - à mostra.

Caí suavemente na cama, de costas. Ele veio por cima de mim. Parecia um céu. Parecia um urso negro, ou pardo. Eu não queria me defender, queria me entregar a ele. Àquele homem gentil e desconhecido. Eu queria ser dele.

Senti vontade, desejo, eu salivava olhando para aquele homem em cima de mim. Descobri que minha expectativa sobre os homens é péssima: imaginei que ele me jogaria na cama e enfiaria o pau em mim. Se ele fizesse isso, tudo bem, eu tava lambuzada, pronta pra ser penetrada. Ele não fez isso. Ele me acarinhou, se embolou nos meus cabelos, abraçou meu corpo inteiro. Me enlouqueceu. Provocou. Me lambeu sem pressa. Me beijou sem pressa.

Eu estava em transe. Queria gritar. Queria morrer, queria viver pra continuar sentindo o corpo dele.

O melhor de seu passeio de língua pelo meu corpo ele guardou para o fim do roteiro. Sua boca chegou lentamente até minha buceta. Senti meus lábios - os de baixo - molhados, recebendo a boca quente, macia e rosada dele... ele colocou os lábios na minha buceta - a boca dele bem grudada na minha buceta entreaberta. Começou a passear com a língua quente, bem macia, sem pressa. Foi me vasculhando delicadamente. Como a boca dele podia ser tão gostosa? Tão macia? Tão quente? Tão sem pressa?

Me dei conta da maciez do seu queixo enquanto ele esfregava sua boca em mim, e uma palavra apareceu na minha mente: IMBERBE!!! Sim, ele não tinha barba. A maciez do entorno da boca dele vinha disso! Ele era imberbe. Eu senti vontade de gritar essa palavra, mas achei sem sentido. Eu queria expressar o prazer que a boca dele provocava em mim e pensei em gritar: Ave, Maria! Ave,

Maria! Mas achei muito religioso, então só gemi devagar e, morta de prazer, sussurrei o nome dele: Antônio...

Uma amiga bem que me disse que tinha homem que sabia chupar gostoso. Eu não acreditava, por nunca ter sido chupada assim. Minha amiga tem razão, tem homem que sabe chupar mulheres.

Eu, até aquele dia, tinha sido chupada por três homens na vida. Um foi meu primeiro namorado, ele tentou acertar, mas não sabia o que fazer com a boca quando chegava lá. Por mais que eu desse dicas sutis, ele cismava em ficar lambendo a entrada da minha buceta, o buraco mesmo! Como se isso pudesse fazer alguma mágica... não fazia!

Outro namorado era pior, ele chegava com a boca na minha buceta, dava duas lambidas e parava. Olhava pra minha cara com ares de "olha como sou uma delícia" e metia seu pau na minha buceta, quase sempre seca. Frustrante.

E o Otávio, que deixa claro que não gosta de chupar. Ele ama ser chupado, mas não gosta de chupar. Quando ele se aventura, mantém a boca longe da minha vulva e com a língua dura e esticada, toca meus pequenos lábios, como a língua de um gato toca o leite dentro do pires. Frustrante.

Antônio se demorou...

Seus lábios quentes e carnudos envolviam minha vulva. Meus lábios envoltos nos seus. Parecia que eu estava ganhando beijos de língua na buceta, me deleitei. Ele se lambuzou em mim. Me bebeu.

Me contorci na boca dele e explodi num orgasmo. Longo, intenso, latejante, desconcertante.

Como eu podia me deixar tão entregue na boca de um quase desconhecido? Como eu podia ser tão vadia e estar ali me arreganhando pra receber sexo oral de um homem que eu mal conhecia? Entendi que chupada gostosa é chupada com gosto. Quando um homem gosta mesmo de buceta, ele chupa gostoso, se entrega sem pressa. Degusta. Lambe. Sorve.

Tinha suavidade, intensidade e afeto no jeito que ele me tocava. Me olhava nos olhos.

Eu sentia uma estranha sensação de confiança naquele homem, talvez fossem seus olhos que me transmitissem isso: cílios grandes, olhar doce e o sorriso puro.

Foi dentro desses olhos que olhei enquanto ele me penetrava cuidadosa, deliciosamente. Que delícia sentir ele entrando em mim. Seu pau foi me ocupando gentilmente e me preencheu. Seus movimentos não eram frenéticos, ele não tinha pressa pra terminar, queria ficar ali, navegando no meu corpo. Procurava meus olhos, enquanto me penetrava.

Além de romântico, ele era intenso, sensual. Cara de safado. Atrevimento na medida. Eu gostava de tudo na cama com ele, de cada trecho. Mas tinha uma coisa de que eu gostava mais: a sensação de que ele estava transando comigo! Era pessoal, ser eu, ali, naquela cama, fazia diferença pra ele. Eu percebia isso, no corpo inteiro dele. Ele me queria. Não queria uma buceta qualquer, queria a minha. Não existe sensação sexual mais deliciosa do que esta: se sentir especial, olhar para a pessoa que tá te comendo e sentir que era você quem ela queria que estivesse ali!

Antônio era um homem raro:

"Dalila, você tem ideia da honra que é para um homem penetrar uma mulher? É uma honra Dalila! Ter a permissão de entrar em outro ser humano."

Nosso primeiro encontro afetivo-sexual foi assim. E quisemos repetir. E repetimos. Muitas vezes. De quarta em quarta, fomos nos envolvendo, nos entregando mais. A cada encontro, conversávamos mais um pouco, e a cada conversa, eu gostava mais dele. A cada toque eu o desejava mais. Eu me apaixonei por aquele homem. Ele era doce, dedicado, romântico.

Ele se apaixonou por mim. Queria viver coisas comigo, além das paredes do quarto. Vivia brincando comigo, me seduzindo para que eu aceitasse me encontrar com ele fora dali.

Estávamos deitados na cama depois de gozar deliciosamente, e ele falava com a voz bem delicada no meu ouvido: "Dalila, você quer que eu coloque mais lenha na lareira?". E a gente ria. Onde que tinha uma lareira naquele muquifo? Aí ele continuava: "Quero te levar pra montanha, Dalila. Só nós dois. Uma lareira aos nossos pés. Uma varanda pra gente ver as estrelas. Você sabia, Dalila, que as estrelas estão sempre no céu, de dia e de noite, mas a gente só vê quando escurece? Você sabia, Dalila, que só quem se joga no escuro vê as estrelas?".

Devia ser por isso que eu não via estrelas. Uma amiga me disse que não me jogo, que sou seca, racional. Não sei se sou seca. O Antônio me deixava molhada e emocional. Ele sabia me derreter e me preencher. O calor do corpo dele enchia um vazio, um buraco que existia em mim.

Como ele não podia viver comigo no mundo, deu um jeito de trazer o mundo até nós. Sempre chegava com uma sacola, parecia uma sacola mágica! Como saíam coisas de lá! Lençóis com tecidos macios e cheirosos que ele colocava sobre os lençóis ralos do hotel. Nos dias frios, levava cobertor. Cada dia, ele tirava uma surpresa da sacola mágica: vinhos, tábuas de frios, frutas, até máquina de café expresso ele levou naquela sacola. Não sei como cabia. Um dia, na nossa despedida, ele me disse: "Dalila, a próxima quarta-feira vai ser domingo de manhã". Eu não entendi. Quando cheguei lá, na quarta seguinte, ele tinha levado tudo pra um "senhor café da manhã". Me abraçou e disse: hoje é domingo, vamos ficar aqui sem pressa, tomando café na cama. Eu achava engraçado, achava doce, achava gentil e achava estranhas as atitudes delicadas dele. Estranhas, porque eu nunca tinha recebido nenhuma dessas delicadezas.

Ele se mostrava um pouco mais a cada quarta. A conversa mais linda que tivemos foi sobre o casamento dele. Casou cedo e ficou viúvo cedo. Ele falou daquela mulher com tanta ternura e respeito, que nem senti ciúmes. Me disse que depois da morte dela, eu tinha sido a única mulher pela qual ele se interessara. Eu acreditei. Seus olhos me contavam isso.

Sobre meu casamento nunca falamos. Eu não tinha o que falar. Nem saberia o que dizer. Eu não sei o que me faz ficar com o Otávio. Ele é honesto e é um homem limpo. Não sei se isso é o suficiente pra ficar num casamento. Num dos dias em que me encontrei com o Antônio, procurei sexualmente o Otávio. Raramente eu o procurava, não sentia vontade. Naquele dia, procurei. Queria ver se o fogo do Antônio, guardado em mim, o incendiava um pouco. Não incendiou. Mamou no meu peito rapidamente, como um bebê, subiu em mim e gozou. Nem me olhou. Foi uma réplica perfeita de todas as nossas transas nos últimos anos, mas, agora, depois de ter o Antônio, aquela pobreza sexual gritava. Meus encontros com ele me faziam enxergar melhor minha infelicidade e, ao mesmo tempo, fazia com que eu relativizasse as coisas chatas. Os gritos do meu chefe e as grosserias do Otávio já não tinham tanto peso.

Por mim, eu manteria nossos encontros pela vida inteira. Me faziam bem. Muito bem. O Antônio me fez ver um lado doce que eu nem sabia que existia em mim. Uma amiga me disse que eu não me conheço bem, acho que ela tem razão.

Nossa incrível, intensa e doce história de amor chegou ao fim. Precisamente no nosso vigésimo quinto encontro, uma quarta-feira, claro.

No dia anterior, eu tinha enfrentado um problema em casa: o Otávio chegou uma pilha do trabalho, tinha brigado com o supervisor. Bebeu oito latas de cerveja e cismou de discutir. Nem sei se tinha sentido o que ele falava, só estava brigando comigo porque era eu quem estava ali. Não sei o que eu falei, e ele me virou um tapa na cara com as costas da mão. Doeu na hora. Doeu muito. Ele bateu com força, senti os ossos de sua mão na região do meu olho. Ele parou de xingar, parece que foi o tapa que o acordou, e ele foi dormir.

Ao longo do nosso casamento, ele fez isso só três vezes, não era comum. Dessa vez, meu olho amanheceu roxo. Passei um quilo de maquiagem, mas, assim que cheguei no quarto quatro, Antônio percebeu e me questionou. Contei por alto, disse que não queria falar sobre isso, que tinha sido só um dia ruim. Eu não quis falar muito, ele me abraçou e chorou. Não sei por que, o choro dele me comoveu. Também chorei um pouco, emocionada, mas me contive, para que ele não pensasse se tratar de algo grave.

"Dalila, até agora respeitei sua condição, quando te conheci, você já era casada. Mas não posso aceitar que você aceite isso. Eu quero ficar com você, quero viver com você. Traz o que é seu e vem correndo, vem morar comigo. Você não pode ficar com um homem que te agride. Não volte pra lá. Faz um boletim de ocorrência. Você não está sozinha."

Eu não disse nada, choramos abraçados.

Voltei pra minha casa, pra minha rotina, pra minha vida de detalhes chatos e entediantes. Na quarta seguinte, não fui ao encontro. Não tive coragem. Um mês depois fui até o hotel e a recepcionista me disse que o Antônio esteve lá três quartas seguidas. Ele tinha me deixado um bilhete, que a moça me entregou:

"Dalila, outro dia fui até a porta da sua casa e vi você se despedindo do seu marido. Não era uma despedida da vida que você leva com ele. Não era um adeus, era um até breve.

Eu vi você dando um selinho nele e pra ele entregando o lanche, parecia que ele estava saindo para o trabalho. Essa cena me contou que você tomou a decisão de ficar com ele.

Eu te amo, Dalila. Amor não é convencimento, Dalila. Não venho mais aqui."

Aquele bilhete me dilacerou.

Cheguei no trabalho e pedi dispensa para o dia seguinte, disse que teria que visitar uma tia no interior que estava nas últimas.

Quando amanheceu, falei pro Otávio que naquele dia não teria expediente, porque estavam dedetizando o escritório, disse que iria na casa da Tônia fazer uns ajustes nas minhas roupas.

Fui até a rodoviária, tomei um ônibus e desci pra Santos. Pisei na areia e, olhando para o mar, pedi um amor pra Iemanjá.

Quarto quatro

"Como dizia o poeta" (Toquinho e Vinicius de Moraes)
"Ai, Ai, Ai..." (Liminha e Vanessa da Mata)
"Topázio" (Djavan)
"Divina comédia humana" (Belchior)
"Os seus botões" (Erasmo Carlos e Roberto Carlos)
"Moça" (Wando e Ruy Guerra)
"Tira as mãos de mim" (Chico Buarque)
"Este amor" (Caetano Veloso)
"Senhorita" (Zé Geraldo)

Deusa

Era uma tarde de sexta-feira, início de março, fim do verão. O céu estava azul, e a cidade, vibrante. Os bares ainda estavam abertos e eu podia exibir um batom bem vermelho nos meus lábios finos, hábito que me seria roubado pelo uso das máscaras. Não era o meu primeiro encontro com a moça delicada que se apresentava com o nome de uma pedra preciosa. Precisamente aquele era o nosso nono encontro.

Tudo acontecia num intervalo específico de tempo, que ia do encontro dos nossos olhos festivos até o toque da campainha.

E quantas coisas deliciosas cabiam nesse pequeno mundo que construíamos a cada encontro.

Naquele dia, eu estava mais filosófica do que o normal e, me perguntava, entre os afagos, qual seria realmente o papel daquela moça em minha vida. Me lembrei de um dia em que um beija-flor entrou na minha casa. Até hoje não sei por onde entrou, não tinha nenhuma janela aberta, nenhuma frestinha. Passei o dia pensando: entrou um beija-flor na minha casa, o que será que isso quer dizer? Me perguntei mil vezes ao longo daquele dia, até que a resposta me veio como mágica: a própria entrada do beija-flor era acontecimento!

Lembrar dessa história me acalmou. Desisti de entender o papel dela, apenas me rendi ao fato de que uma pedra apareceu em meu caminho e devolveu o viço às minhas retinas.

Aquele nono encontro tinha um mistério. O ar estava diferente, mas não era nada externo, era dentro de mim. Uma sensação de que alguma coisa além da campainha nos interromperia. Tocou a campainha e protestamos abraçadas. Saí da cama, ainda com as pernas bambas e, antes da ducha, coloquei um bilhete sobre a cama. Ela olhou com olhos encantados e guardou-o carinhosamente em seu nécessaire, disse que leria mais tarde. O bilhete era uma intuição de que um tempo mais longo separaria nossos lábios. Um pedaço de papel sulfite, com poucas palavras escritas à mão e muito capricho: "Guarde alguns dos seus melhores beijos para mim. Os meus mais delicados guardarei para você".

Quando fiz esse bilhete, tomei o cuidado de não pedir que ela guardasse todos os seus melhores beijos para mim. Não achei justo pedi-lo; por essa razão, escolhi a palavra "alguns".

Não sei por que, tenho a fantasia de que ela nunca leu aquele bilhete.

Voltei pra casa quase sem conseguir me concentrar no trajeto. Meu corpo tremia e era atravessado por deliciosas ondas. Eu ainda podia sentir a respiração dela no meu pescoço, e as mãos dela procurando pelas minhas. Sua língua quente nas minhas saliências. Sentia a delícia sensual da maçã, e o gosto de língua no céu. Queria que aquela saborosa tarde se estendesse, mas a campainha sempre me arrancava do paraíso.

Se não tivesse a campainha, daria para saborear toda a lista das canções que, com tanto cuidado, eu escolhia, para que a ordem delas nunca denunciasse que nosso tempo estava acabando. Era a campainha que me fazia apressar um carinho que eu gostaria de fazer vagarosamente. Não que isso me tirasse a delicadeza, ela nunca perdeu uma chance de me dizer o quanto me acha delicada. Era a campainha que me fazia apressar um pouco o ritmo para que, naquela uma hora, coubesse o máximo de carícias.

Me lembrei de uma canção em espanhol que apesar da tradução do título ser "lentamente", tem um ritmo acelerado que esconde a sutileza de sua letra. Quando cheguei em casa, peguei o violão e cantei lentamente essa canção. Senti o cheiro dela em cada nota. Senti o gosto dela em cada palavra. Espero que ela se lembre do que eu falei em seu ouvido. Eu me filmei com a câmera do celular tocando essa canção e quando assisti ao vídeo me senti nua. Tive medo de que alguém assistisse e conseguisse ver as imagens que dançavam dentro de mim. Nunca mostrei esse vídeo pra ninguém. Não tive coragem.

Alguns dias depois do nosso encontro, veio a confirmação da minha intuição. O que nos separaria se apresentou: um vírus vindo do Oriente decretou que os beijos ardentes estavam proibidos.

Naqueles dias de ausência, o vermelho foi manchado pelo azul e o roxo se apresentou para mim. Minhas memórias vermelhas quentes foram mescladas com um azul dolorido. Eu me perguntava se ainda existiriam tardes saborosas de sextas-feiras. Me perguntava se ela pensava em mim, se sentia falta dos meus beijos ardentes e dos meus abraços envolventes. Desenvolvi um carinho especial pelos violáceos. Nada, do lilás ao roxo, passava despercebido pra mim. Uma comida, uma flor, uma roupa, uma ave.

Foi nessa fase que a mulher com nome de pedra se transformou em uma divindade pra mim. Eu que protegi seu nome por amor, poderia escolher outro codinome, mas escolhi chama-lá de deusa.

Nossos encontros tiveram, desde sempre, algo de sagrado. Chegar ao lugar onde me encontrava com ela era como entrar num templo. Eu nunca tinha tocado sexualmente em uma outra mulher. Para mim, era uma iniciação.

Sempre amei os minutos que antecediam sua chegada e, às vezes, chegava a rezar enquanto esperava a porta se abrir.

Nesses dias azuis de ausência eu rezei, rezei e rezei um pouco mais. Rezei para que minha deusa estivesse bem, para que estivesse viva. Rezei para que não tivesse me esquecido. Rezei para não esquecer o brilho dos seus olhos. Rezei para ter notícias dela.

As canções e os poemas me davam pistas de que nossos corpos se tocariam novamente.

Descobri que eu tinha acumulado um lindo estoque de lembranças naqueles nove encontros, e foi isso que me alimentou. Eu lembrava da sua voz, da maciez da pele, do calor da sua respiração ofegante e de cada palavra que me falou. Lembrava também dos gemidos e ficava orgulhosa em pensar que nunca teve um único gemido fora de hora. Nunca.

Outra lembrança deliciosa, foi quando estávamos no banheiro, em frente ao espelho. Nossos corpos estavam nus e nos abraçamos. Eu olhei pelo espelho e ela, sem perceber que estava sendo observada, parecia entregue, totalmente envolvida. Olhos bem fechados e com um sorriso largo, daqueles que não mostram os dentes, mas que revelam a alma. Cara de quem estava no céu.

Seu olhar sempre me chamou atenção. Um dia, quando saí do banho, ela estava de pé, dessa vez com os olhos abertos, olhando para a cama. Acompanhei o trajeto dos seus olhos e me deparei com a minha calcinha e o sutiã vermelhos, dispostos sobre a cama. Ela tinha ajeitado com cuidado, como se fosse tirar uma foto. Distância perfeita entre as peças. Parecia que meu corpo estava lá. Ela também não percebeu que eu estava olhando. O que mais me encantou foi o jeito que ela olhava para o simulacro do meu corpo estendido na cama. Olhar terno, sorridente. Uma expressão de orgulho. Isso: ternura e orgulho. Uma estranha pureza que eu só tinha visto antes nos olhares que mães amorosas lançam para seus filhos.

Enquanto eu me nutria de memórias, aguardava alguma notícia da deusa. Uma espera silenciosa que foi interrompida pela sua voz:

"Como você tá? Eu tô bem, com muita saudade de você! Quero te ver!"

Ela deixara uma mensagem de áudio e escutá-la novamente harmonizou todas as cores em mim. O ar entrou e saiu de dentro de meu corpo como há muito tempo não acontecia: inspirei e expirei aliviada. Dentro de mim, foguetes.

O vírus ainda não tinha desaparecido, mas nada era mais arriscado pra mim do que não vê-la.

O décimo encontro aconteceu numa linda sexta-feira de outono. Tarde saborosa, cheia de apertos e pequenas confissões:

"Como senti sua falta! Falta da sua pele, do cheiro dos seus cabelos, do seu gosto, do seu corpo grudado no meu..."

E por mais que eu desconfiasse de que ela, na verdade, não tinha lido meu bilhete, de uma maneira ou de outra, ela tinha intuído: naquele dia ela me entregou um a um todos os beijos especiais que pedi pra ela guardar pra mim.

Parece que a pausa nos aproximou. Em cada encontro que se seguiu, entrelaçamos mais as nossas almas. Fazíamos uma espécie de ritual, com incensos, dama da noite ou flor de pitangueira. Flores roxas, pétalas vermelhas e muitos fragmentos de canções.

Nessa época, as canções ganharam protagonismo em nossas tardes roxas. Cantávamos pequenos trechos olhando uma para outra e ríamos disso. Parece que sempre a melodia ou a letra expressava exatamente o que estávamos sentindo.

Dançamos algumas vezes com os corpos bem colados numa pista de dança inventada à beira da cama. Sua boca encaixada no meu pescoço, respiração quente em meu ouvido acompanhando o roçar das nossas coxas. O ritmo dos nossos passos lentos acelerava nosso desejo, que nos lançava na cama. Depois de exaustas eu lia poesias pra ela, eram como presentes. Ela também me presenteava com deliciosos cafunés e com o seu desejo de se fazer presente mesmo quando estávamos distantes. Me deu um creme e me fez jurar que eu pensaria nela todas as manhãs, enquanto o espalhava sobre o meu corpo.

Eu saía de cada encontro nutrida, hidratada. Com o passar dos dias, eu tinha o desafio de conseguir manter a umidade pelo maior tempo possível. Passei a usar a estratégia dos cactos: me esforçava para reter a água. A saudade sempre vencia e pouco a pouco eu me sentia seca, sedenta.

Essas eram algumas das palavras do nosso dialeto particular: cactos, seca, secando, molhada, molhadas, encharcadas, sede, sedentas, fome, famintas. Outras intimidades também foram criadas, como nossas brincadeiras secretas de adivinhar a cor que a outra usaria na lingerie e esmaltes. Sem saber, usávamos as mesmas cores, impressionante a quantidade de vezes em que conseguimos acertar!

Um pouco de adivinhação sempre nos acompanhou. Sabíamos pouco uma da outra. O tempo entre o olhar festivo e a campainha era muito curto para longas conversas, tínhamos poucas conversas entre muitos afagos. Não que não quiséssemos falar, mas a fome sempre era maior. Optamos por conversas pequenas e por beijos demorados. Nossas línguas preferiam se enroscar. Aprendemos a nos enxergar no escuro. Chegávamos sempre à beira do abismo e de mãos dadas, sentíamos juntas o frio na barriga.

Eu, que não sou versada em línguas estrangeiras, tinha me tornado perita em seduzir com frases em francês. Mandava pequenos recados em francês: *"mon histoire d'amour violet"*, minha história de amor violeta, trocávamos pequenos corações roxos e ela me chamava de minha dama lilás.

O inverno chegou e hoje é o dia do nosso décimo sétimo encontro. Nosso primeiro encontro fora daquele templo. Arrumei outro templo para nos receber e enfeitei-o cuidadosamente. Hoje a campainha não vai tocar e finalmente o tempo passará despacito como sonhei tocando aquela canção. Pela primeira vez tomaremos vinho juntas e vamos comer alcachofra. Teremos três vezes mais tempo do que tivemos nos encontros anteriores.

Aprendi que nossa história é construída com o tempo. Apesar de passar lento na ausência e depressa na presença, ele é nosso amigo. Nossa história é cozida em fogo lento. Tempo, tempo, tempo, tempo.

Estou ansiosa por sua chegada, mulher-luz, talismã. Já sinto um gosto de língua no céu.

Enquanto esperava ela chegar, escrevi esse texto. Não sei se um dia lerei para ela, talvez eu leia, talvez não tenha coragem.

Farei um combinado com minha amiga Ana: se eu morrer antes de ler essas confissões, Ana marcará um horário no templo. Ela terá que procurar por uma mulher que se apresenta com nome de pedra, porque pouquíssimas pessoas sabem que minha pedra preciosa é uma Deusa. Minha amiga levará um buquê com as flores mais roxas que conseguir encontrar. Quando *"ma déesse"*, minha deusa, entrar na sala e vir uma mulher triste com aquelas flores roxas nas mãos, saberá imediatamente que algo terrível me aconteceu.

Ela sabe poucas coisas sobre mim, mas me conhece profundamente. Saberia que se eu estivesse viva, jamais mandaria outra pessoa lhe entregar as flores que eu levava em nossos encontros. Ana leria emocionada as minhas confissões e, de mãos dadas, elas chorariam pensando, cada uma a seu modo, a falta que eu faria em suas vidas.

Fico feliz em pensar que, dessa vez, isso não é intuição. Só fiz esse combinado porque, quando o amor é secreto, é sempre bom termos uma testemunha.

Na primavera completaremos nosso primeiro ciclo, foi no período das flores que nós nos olhamos pela primeira vez.

Não sei por quanto tempo viveremos essa história violeta, nem que formas ele tomará. Aposto na sabedoria do destino. Viveremos só e exatamente aquilo que tivermos para viver. Só o que nos for permitido.

Até hoje me pergunto, como aquele beija-flor entrou na minha casa se, aparentemente, não tinha nenhuma fresta.

Deusa

"Codinome Beija-Flor" (Cazuza)

"Deusa do amor" (Adailton Poesia e Valter Farias)

"Jade" (João Bosco e Aldir Blanc)

"A fuego lento" (Rosana Arbelo)

"*Despacito*" (Erika Ender, Daddy Yankee e Luis Fonsi)

"Oração ao tempo" (Caetano Veloso)

Mulher selvagem

Eu estava com frio. Um frio que não passava. Não importava quantas blusas colocasse em meu corpo ou quantos cobertores enrolasse em minha pele, nem quantas meias cobrissem os meus pés.

Era inverno, mas um inverno comum, nada extraordinário, tropical. Os termômetros marcavam dezesseis, dezessete graus. Estava até quente para o padrão da minha cidade naquela época do ano. Minha sensação térmica era de temperatura negativa. Menos um ou, melhor, menos dois graus. Sim! Menos dois! Quando pensei que a sensação térmica era de dois graus negativos, achei curioso que esse número coincidia com minhas perdas amorosas. Eu amei pra valer algumas poucas vezes. Em algum momento, perdi meus amores. Ficaram por um tempo, mas se foram. Não fui suficiente. Ou o sentimento deles não foi suficiente, ou o desejo deles não foi suficiente. Um desejo só não basta.

Uma relação, para continuar depois que se estabeleceu, ou pra se firmar nos momentos iniciais, quando os amantes ainda estão se conhecendo, precisa do desejo de dois. Para terminar uma relação ou pra não se aprofundar numa relação, basta a falta de coragem, a falta de desejo ou a falta de amor de uma das partes. Se só um tem vontade, desejo, coragem ou amor, um dia ele desiste ou, melhor, para de insistir. O que é intrigante nos términos amorosos, quando há amor, é que não importa quem tomou a decisão: separação dói. Dói, porque um dia foi bom ou porque você nem viveu o que idealizou. Talvez essas sejam as piores separações, aquelas nas quais nem existiram as uniões, aquelas nas quais tudo foi vivido mais no imaginário do que no real. O não vivido tem muita força dentro de nós. Meus amores terminaram assim: meu coração foi partido, aí eu parti. Depois que alguma coisa se quebra dentro de mim, tenho que ir.

Além do frio, eu sentia dor, estava dolorida. Dolorida na alma. Eu nem sabia por quem eu estava doendo. Sabia menos ainda por que sentia tanto frio.

O meu incômodo começou a aumentar, fiquei cismada. Comecei a pensar se existia alguma doença cujo sintoma fosse o frio. Eu não quis consultar um médico, nem na internet quis procurar. Senti medo. Medo de estar doente. Medo de estar louca. Um dia, enquanto tremia de frio, ouvi uma canção que dizia: "O frio é o agasalho que esquenta o coração gelado quando venta". Será que o frio estava aquecendo meu coração gelado? Olhava pela janela pra ver se as pessoas na rua estavam tão agasalhadas quanto eu. Perguntava pra todas as pessoas com as quais interagia se elas também estavam com muito frio.

Nada combinava com o que eu sentia, nem os relatos das pessoas, nem as blusas que as acompanhavam pelas ruas. Meu frio era desproporcional.

Eu me sentia congelando. Dia a dia. Noite a noite.

As pessoas que gostam de mim, as que se importam mesmo comigo, começaram a tentar me ajudar: minha mãe me levou um cobertor muito quente que era da minha vó, me cobriu com carinho, mas não adiantou. O frio continuava ali. Uma amiga querida mandou entregar um aquecedor na minha casa, também não senti diferença na minha temperatura. Um amigo que me ama ficou inconformado com meu problema e disse que sabia o remédio para o meu mal: um abraço. Foi até minha casa e ficou abraçado por meia hora comigo. Tudo isto fez com que eu me sentisse querida, amada, mas não me aqueceu. O frio atingia cada osso do meu corpo e cada músculo, cada segmento da minha pele.

Sempre amei o Sol e nem ele me aquecia mais. Foram dias muito difíceis pra mim. Num deles, tive um sonho: eu estava em pé, olhando por uma janela e uma mulher se aproximava de mim por trás. Ela, em silêncio, encostava seu corpo no meu e me dava um beijo no pescoço. Em outra cena do sonho, eu estava deitada no chão, de barriga pra cima, e eis que a mesma mulher aparecia. Ela tinha travessas com comidas, que carregava em sua saia.

Com as duas mãos, segurava a barra da saia, virada pra cima, puxava-a em direção aos seios, formando, assim, o lugar perfeito pra carregar as comidas que trazia consigo. Ela se aproximava de mim e me alimentava enquanto conversava comigo. Esse sonho não me fez acordar sem frio, mas senti um certo aconchego com a presença daquela mulher.

Numa manhã, acordei desesperançada: eu estava exausta do frio, do resfriamento, do congelamento e do tremor. Peguei meu carro e saí sem rumo. Fora de mim, por aí, com meu frio por dentro. Peguei uma estrada sinuosa, daquelas estreitas que as vegetações de lado a lado da estrada se juntam em alguns trechos formando uma linda cobertura, um túnel de folhas. Esse tipo de estrada sempre me encantou. Senti quase um bem-estar, mas o frio me impediu de sorrir.

Dirigi por horas. Cheguei a uma cidade, suas ruas estavam surpreendentemente vazias. Não tinha nenhum comércio aberto. Ninguém nas janelas, nenhum pedestre, nenhum carro, tudo silencioso. Desliguei o rádio do carro. Precisava ouvir aquele silêncio. Parecia uma cidade-fantasma, mas aquilo não me assustou. Naquele momento, a única coisa que me assustava era o frio cortante que me consumia. Entrei numa estrada de terra e dirigi por uma hora mais ou menos. Era uma paisagem rural, uma estrada ascendente. Parecia me levar para um lugar alto.

Avistei uma casa no alto de uma montanha. Parei o carro na beira da estrada, bem no canto, encostado a um barranco. Uma força estranha, um magnetismo me atraía, me "puxava" para aquela casa.

Comecei a subir a pé por um caminho que levava até ela. Eu não pensava. Não sentia medo. Não sentia nada além do frio.

Cheguei na casa. Entrei pela porta de trás. A casa parecia vazia... e estava. Na hora, não percebi que aquilo era uma invasão. Eu estava invadindo uma casa desconhecida, a casa de uma pessoa desconhecida.

Era uma casa grande de madeira rústica. Chão de cimento queimado. Muitos vidros rodeando a casa e, através dos vidros, uma vista linda, para outras montanhas. Ao redor da casa, uma varanda.

Fiquei parada na sala, olhando para a paisagem. Aquilo não diminuiu meu frio, mas me deu uma certa paz. Eu tinha a estranha sensação de que deveria estar ali. Uma cena surreal confirmou minha percepção: em cima de uma prateleira tinha uma foto minha! Uma foto minha!!! Uma foto minha que eu nunca tinha visto! Como poderia ter uma foto minha numa casa na qual nunca tinha entrado? Quem morava naquela casa no alto da montanha? O que eu estava fazendo ali?

Só havia duas certezas: eu tinha que estar ali e estava com frio.

Voltei para perto da porta de vidro que dava para as montanhas. Fiquei ali, em pé, olhando pra fora e tentando entender o que estava acontecendo.

No meio do silêncio, ouvi o barulho de uma chave abrindo a porta devagar. Por mais estranho que pareça, eu não quis olhar pra trás. Não me reconheci naquele momento. Sou medrosa, controladora e quente. Eu estava sem medo, sem ímpeto de controlar e com frio. Até agora não acredito que não me virei. Esperei parada, olhando pra fora, exatamente como eu estava. A pessoa que entrou se dirigiu até mim de forma tão silenciosa que só percebi sua proximidade quando se encostou em mim. Senti um corpo quente se encostando ao meu. Era uma mulher. Isto descobri pelo cheiro: ela tinha cheiro de flores. Não senti medo, mas não quis me mexer. Ela, em silêncio, depois de encostar seu corpo no meu, seus seios nas minhas costas, beijou meu pescoço. Talvez isso tenha me deixado calma. Era uma estranha, mas eu já tinha me encontrado com ela. No sonho.

Tocou no meu braço e me girou delicadamente, me colocando de frente pra ela. Me olhou nos olhos. Seus olhos tinham a mesma cor dos seus cabelos, cor de girassol. Seu vestido cor de maravilha nua. Aquele olhar me aqueceu.

Ela tinha alguma coisa nas costas, parecia um cesto, não sei o que havia dentro dele. Ela tirou aquilo das costas, colocou no chão e, sem dizer uma palavra, deslizou suas mãos pelos meus braços até chegar nas minhas mãos. Entrelaçou os dedos das suas mãos nos dedos das minhas mãos. Isto me aqueceu.

Ficou com suas mãos entrelaçadas nas minhas, olhando nos meus olhos por um tempo. Eu não fugi. Apertei suas mãos e olhei fundo nos seus olhos. Então, ela soltou minhas mãos, colou seu corpo ao meu e me abraçou. Um abraço delicado. Apertado. Ela me abraçou como se não quisesse me deixar escapar. E eu não queria escapar. Aquele abraço me acolheu profundamente e me aqueceu um pouco mais. Durante o abraço, pude sentir melhor seu cheiro. Era mesmo de flores. Eu que sempre gostei mais dos cheiros cítricos, gostei do cheiro dela, do cheiro de flor dela. Durante o abraço, me embrenhei nos seus cabelos, e a sensação foi deliciosa, sensação de aconchego. Pensei: "Como era possível eu me sentir tão confortável e segura nos braços de uma estranha?!". Mas eu me sentia.

Sem dizer palavra, ela desgrudou do meu corpo e, ainda me olhando, abriu sua mão direita e a encostou no meu peito. Delicadamente, deu passos para a frente, empurrando meu peito para trás. Conforme ela andava para a frente, eu dava passos para trás. Percebi que ela me conduzia para o sofá e deixei. Deixei-me conduzir.

Ela foi se aproximando lentamente da minha boca, beijou o canto e passou a língua bem de leve no início dos meus lábios, a língua dela, entrando devagar na minha boca, de lado, procurando minha língua, que já estava indo sutilmente ao encontro da dela. As línguas se encontraram e se acariciaram, se enrolaram, se reconheceram.

Aquilo arrepiou todo meu corpo, já não de frio.

Quando dei por mim, estava ali: meus lábios colados nos lábios daquela estranha. Sua língua dentro da minha boca, a minha língua dentro da boca sua.

Um beijo bom. Muito bom. Macio. Íntimo. Aquilo me aqueceu um pouco mais. Depois de muitos beijos e nenhuma palavra, olhamos juntas na mesma direção. Nossos olhos escolheram a mesma coisa pra olhar e, juntas, olhamos para o lado de fora da porta de vidro. Em pé, abraçadas, olhamos para fora: o céu em tons de rosa acolhia o sol que estava se pondo. Para deixar tudo ainda mais bonito e mais poético, de onde estávamos, junto com o céu furta-cor, podíamos ver um silo de tijolos. Um desses lugares onde se guardam os grãos colhidos. Aquela paisagem acessou dentro de mim um lugar de paz. Olhar para aquela cena abraçada com a aconchegante e estranha mulher me aqueceu.

Tudo era silencioso.

Inesperadamente, comecei a escutar uma música, olhei ao redor e não consegui identificar de onde vinha, até que percebi que a música estava tocando dentro de mim... Como isso podia acontecer? Pior... melhor... ela parecia ouvir a mesma canção, exatamente naquele mesmo momento. Disto, eu desconfiei porque nossos corpos abraçados começaram a se movimentar acompanhando a melodia. Fiquei um tempo ouvindo, enquanto dançávamos contidamente, até que identifiquei qual era aquela canção: *How deep is your love,* "quão profundo é o seu amor", cantada numa voz feminina que até hoje não sei de quem é. Um trecho, em especial, chamou minha atenção: *"And you come to me on a summer breeze. Keep me warm in your love then you softly leave"*... você vem até mim numa brisa de verão. Mantém-me no calor do seu amor depois sai suavemente... Será que aquela estranha era uma brisa de verão?

As palavras "verão" e "calor", contidas na letra, atravessaram minha alma. Aquela mulher colada no meu corpo, ouvindo a melodia que tocava no meu íntimo e se movimentando ao som da canção me trazia calor. Eu não queria que ela se afastasse, nem suavemente, nem bruscamente. Ali, abraçadas, eu sabia que éramos estranhas, mas, de algum jeito, eu sentia que éramos velhas conhecidas.

Quando a canção terminou, o sol tinha se posto, mas o ambiente não estava frio. Frio e calor a confundir o antes e o depois.

Ela me pegou pelas mãos e me conduziu para a varanda. Fui. Não discuti.

Havia ali, no chão da varanda, um tronco de árvore largo. Ela se sentou no tronco com uma perna de cada lado, de modo que o tronco ficava no meio de suas pernas, e me aconchegou no seu peito. Minhas costas recostadas nos seus seios. Me abraçou. Enfiou seu rosto nos meus cabelos.

Àquela altura, na minha cabeça, aquela mulher já tinha muitos nomes: mulher silenciosa, mulher estranha e, agora, mulher aconchegante. Eu ia construindo na minha cabeça, pouco a pouco quem era aquela mulher. Com uma das mãos, afastou meus cabelos para o lado e expôs minha nuca. Beijou maliciosamente minha orelha – pude sentir sua respiração ofegante –, lambeu meu pescoço com os lábios bem colados nele, mordiscou minha nuca exposta, me arrepiando inteira. Eu estava entregue. Largada em sua boca. Arrepios pelo corpo. Senti minha calcinha molhando. Aquilo me aqueceu.

Ficamos um tempo ali, eu recostada nela, ela me enlouquecendo com sua boca. Acima de nós, o céu. Não sei quantos anos fazia que eu não via um céu tão estrelado. Entre nós duas, a boca, a língua, os lábios, os arrepios e o céu estrelado, pedaços de copas de árvores entre nós e o céu. Boca. Nuca. Arrepio. Estrelas.

Estava caindo a temperatura externa, mas a minha temperatura subia gradualmente. Frio e calor a confundir o antes e o depois.

Ficamos em pé. Ela pegou uma espécie de manto que estava dobrado em cima do tronco de árvore e jogou sobre nossas cabeças. Ali embaixo, protegidas, entocadas e aquecidas, nos beijamos. Nos beijamos e nos beijamos mais. Nossas línguas namorando. Entrelaçadas. Nossas pernas também se entrelaçaram de um jeito muito gostoso, foram se enroscando.

Parecia que estávamos mais isoladas ainda do mundo. Uma delícia o contorno do manto na minha cabeça. O manto contornando nossos corpos. Uma delícia o corpo dela apertando meu corpo embaixo do manto. Uma delícia as nossas mãos percorrendo nossos corpos embaixo do manto. Nossas mãos contornando nossos corpos. Uma delícia sentir o líquido quente que escorria das paredes da minha buceta, contornando minha calcinha, embaixo do manto. Aquilo me aqueceu.

Eu não queria mais sair dali, daquele esconderijo, de dentro do esconderijo.

Aos poucos fomos, entre beijos, dando passos em direção à sala.

Não falamos nada, mas nos olhávamos e sorríamos com cumplicidade.

Quando entramos na sala, levei um susto: no meio dela tinha uma lareira acesa e uma banheira cheia de água, que, pelo vapor que saía dela, parecia quente. Como ela acendeu a lareira e encheu a banheira se não saiu do meu lado? Será que tinha mais alguém naquela casa? Será que ela era uma bruxa? Uma mágica? Naquele momento, ela ganhou mais um nome: mulher mágica.

Nos despimos sem pressa: minha mão percorreu a parte interna da sua coxa, até alcançar o contorno de sua calcinha - muito molhada - passei os dedos de leve por cima do tecido e, lentamente, puxei para baixo, percorrendo suas pernas até tirá-la de seu corpo. Com o vestido cor de maravilha nua, fiz ao contrário; subi pelo corpo dela até tirá-lo pelos braços. A mulher de muitos nomes estava nua. Eu não me lembro ao certo como ela me despiu, mas de repente eu também me via nua. Eu estava nua. Entramos na banheira. Sim, a água estava quente. Seu corpo estava quente. Era bom, era bom, era bom sentir seu corpo nu, junto ao meu corpo nu. Aquilo me aqueceu. Puxei suas costas em direção a meu peito, como ela fez comigo quando estávamos na varanda sentadas sobre o tronco de árvore, sob o céu estrelado.

O pescoço dela encaixado no meu pescoço, meus braços cruzados na altura de sua cintura, suas costas coladas nos meus seios. Seu cheiro no meu nariz. Novamente, olhamos na mesma direção, dessa vez, para o fogo. Abraçadas. Hipnotizadas. O cheiro da lenha perfumando o quarto. O perfume de seus cabelos no meu nariz. O perfume da lenha no meu nariz. O frio deixando meu corpo. O calor se aproximando dele.

Ao lado da banheira tinha um pedaço de madeira e, em cima dele, pedaços de pão, frutas e pequenas porções de carne. Ela parou de olhar para o fogo para se concentrar naquelas comidas. Com as mãos, pegava alguns bocados e, delicadamente, colocava em nossas bocas. O gosto era bom.

Me lembrei do sonho que tive dias antes, da mulher que me trazia comidas na barra da sua saia. No sonho, a mulher me alimentava, e eu estava ali, sendo alimentada, em muitos aspectos, por aquela mulher. Também nos serviu uma bebida. Era rosa translúcida. Boa. Desconhecida. Alcoólica. Bebemos uma na boca da outra: ela dava um gole, colava a boca na minha e passava a bebida para a minha boca. Eu engolia. Eu entendi a brincadeira e fiz o mesmo com ela, várias vezes. Era bom. Era *sexy*.

Num dado momento, ela olhou para a lareira, notou que estava precisando ser reabastecida de lenha e saiu da banheira. Ali, com a água quente envolvendo meu corpo, testemunhei uma das cenas mais lindas que já vi: de cócoras, ela colocou a lenha na fogueira – ela estava nua –

e depois começou a juntar as pequenas brasas espalhadas em volta da lenha com uma espécie de pá quadrada. Seus olhos amarelos concentrados nos movimentos de suas mãos e das brasas, movimentos precisos para que nenhuma se perdesse. Quando terminou essa etapa do trabalho, ela circulou a lareira dando pequenos sopros em direção às lenhas que ainda não estavam em chamas. Esses pequenos sopros fizeram com que o fogo aparecesse e envolvesse as lenhas. Cena linda. Ela sabia alimentar o fogo. Sabia colocar as brasas na posição perfeita. E é incrível pensar que sopros tão delicados podem fazer o fogo avivar. O vento dentro dela alimentava o fogo.

Ela fez isso algumas vezes: me namorava na banheira, punha bocados na minha boca, bebia da minha boca e saía para alimentar o fogo.

Com as labaredas altas, fomos para a cama. Eu nunca tinha visto uma cama daquelas. Era larga, na altura perfeita. Pequenas luzes na cabeceira. Lençóis brancos macios de um tecido que eu nunca tinha visto. Eu joguei meu corpo sobre aquela cama. Quando ele se encontrou com aquela textura, tive uma sensação deliciosa, parecia que eu tinha me deitado numa nuvem e que tinha uma pessoa me abraçando por baixo, me dando colo. Aquilo me aqueceu.

A mulher silenciosa, aconchegante, estranha e mágica se deitou comigo. Nua, em cima de mim. Eu deitada na nuvem, ela nua, em cima de mim. Eu nua, embaixo dela. Olhando nos seus olhos, só pensava o quanto aquilo era surreal. Eu não podia acreditar que aquela mulher estava escalando meu corpo. Estava aquecendo meu corpo. Excitando meu corpo. Unindo o sul e o norte do meu corpo. Molhando meu corpo. A cada toque dela, eu me sentia mais molhada e ela estava molhada de um jeito que eu nunca tinha visto. Ela jorrava! Ela inundava cada trecho do meu corpo no qual se esfregava. Ela me lambuzou. Eu me lambuzei nela. Parecia que estávamos matando uma fome de anos. Ela em cima de mim. Eu deitada sobre a nuvem. Eu em cima dela. Ela deitada sobre a nuvem. Passamos muito tempo naquela cama-nuvem, nos caçando. Cabelos em desalinho. Uma se alimentando da outra.

Ficamos ali, entrelaçadas, sorvendo cada pedacinho do corpo uma da outra.

Quando o sexo é muito bom, a gente entra numa espécie de transe, num rebaixamento de consciência. Isso pode explicar por que não lembro de todos os detalhes do nosso deleite naquela cama.

Eu me lembro da sua língua rosada lambendo delicadamente meus mamilos intumescidos. Me lembro dela passando os dedos em minha vulva e, em seguida, lambendo-os.

Lembro da sua cara de prazer enquanto eu estava no meio das suas pernas, bebendo-a. Lembro do gosto dela. Do delicioso gosto dela. Lembro da sua língua quente descendo do meu pescoço até minha buceta, devagar, bem devagar. Lembro da sensação da língua dela percorrendo minha vulva… quentes, macias, molhadas. Minha vulva e a língua dela.

Em seguida, ela ficou com o corpo em cima do meu e foi subindo até colocar sua buceta em minha boca. Ela começou a se esfregar na minha boca aberta, na minha língua que passeava nela. Aos poucos, percebi que aproximava mais sua buceta da minha boca, sem deixar espaço para que eu abrisse a minha boca; então, calei minha boca. Ela estava muito molhada, percebi que ela queria se esfregar no meu rosto. No meu nariz, na minha boca fechada, no meu queixo. Eu deixei. Deixei ela ali, cavalgando no meu rosto. Aquilo era bom. Me excitava. Me aquecia.

Lembro que o fogo da lareira apagou, não nos importamos, as labaredas estavam na cama. A diminuição da luz, com o arrefecimento do fogo da lareira não impediu que nos olhássemos nos olhos, as pequenas luzes da cabeceira garantiam a luminosidade.

Não falamos uma só palavra. Nos entendíamos pelos olhos, pelas línguas, pelas mãos, pelos líquidos que saíam de nós. Eu me derreti nela, o que me deu a certeza de que eu estava quente.

Eu me derreti na frente dela. Em cima dela. Embaixo dela.

O nosso silêncio foi quebrado várias vezes durante aquela noite, não por palavras, mas por gemidos, grunhidos, gritos que atravessavam as paredes, cada vez que uma de nós gozava. Isso me incendiou.

Outro barulho delicioso quebrou o silêncio: o encaixe das nossas bucetas, quando estavam bem coladas. Por estarem ensopadas, nossos movimentos produziam um barulho quando se tocavam. Aquilo nos excitava mais, eu via em seus olhos.

Todo o frio do meu corpo se dissipou.

Começamos a ouvir os barulhos dos bichos lá fora, passarinhos cantando e nos demos conta, silenciosamente, que o dia estava amanhecendo. Começamos a nos tocar no pôr do sol e ainda estávamos enroscadas, acordadas ao seu nascer.

Paramos de nos provocar, estávamos exaustas. Mas ainda queríamos mais. Paramos, mesmo querendo mais. Eu abracei forte aquela mulher quente: mulher quente, mais um nome que dei pra ela. Abraçada ali com ela, senti saudade dela. Como eu podia sentir saudade se ela ainda estava ali, colada ao meu corpo? Não sei, mas senti. Senti vontade de não ir embora. Senti vontade de voltar lá. De beijar ela novamente, de sentir seu corpo, seu calor.

Eu queria conhecê-la melhor, pensei que poderia voltar no verão, quem sabe sairíamos para pescar. Na primavera, eu certamente já estaria gostando dela.

Ali, abraçada no meu corpo quente, ela me olhava como se também não quisesse me soltar.

A fome de comida nos arrancou da cama. Eu estava faminta. Quente. Agradecida.

Descemos uma escadaria e fomos parar na área externa da casa. Minha alma se expandiu com a paisagem: a plantação de uma fruta preta cobria até onde os olhos conseguiam alcançar. Tinha uma toalha de mesa no chão cheia de delícias comestíveis, as quais eu não tinha ideia de como tinham ido parar lá. Nem tudo que tinha ali eu conhecia. Tudo era saboroso. A fruta preta desconhecida da plantação estava ali, servida num cesto. Me deliciei com a textura e com a doçura daquela estranha fruta.

Tinha uma rede amarela que nos acolheu depois de comermos tudo que queríamos. O céu estava azul, ficamos abraçadas na rede, no meio daquela montanha, suspensas no ar. Unidas por um fio invisível, no meio da imensidão. Olhos nos olhos. Silêncio. Calor. Relaxamento.

Senti que precisava ir e senti que precisava voltar. Voltar novamente ali.

Na despedida ela sorriu. Me beijou. Me abraçou. Sua mão direita estava fechada e eu percebi que tinha alguma coisa dentro dela. Ela colocou essa mão fechada na palma da minha mão e, quando abriu a mão, me deu o que guardava: um chaveiro em formato de filtro dos sonhos e uma chave. A chave da casa dela. Entendi que meu pesadelo de sentir frio tinha acabado e que, dali pra frente, os lindos sonhos com alimentos nas saias e beijos no pescoço se repetiriam. Eu estava convidada a voltar lá, na casa daquela mulher selvagem que me aqueceu.

Mulher selvagem

"Um desejo só não basta" (Fausto Nilo e Francisco Casaverde)

"A rota do indivíduo" (Orlando de Morais e Djavan)

"Valsa brasileira" (Edu Lobo e Chico Buarque)

"Força estranha" (Caetano Veloso)

"Um girassol da cor do seu cabelo" (Lô Borges e Márcio Borges)

"Cheiro mineiro de flor" (Sá e Guarabyra)

"Baby 95" (Liniker, Mahmundi, Tássia Reis e Tulipa Ruiz)

"*How deep is your love*" (Barry Gibb, Maurice Gibb e Robin Gibb)

"Quatro estações" (Maurício Gaetanim Ary Sperling e Cláudio Rabello)

"Vamos fugir" (Gilberto Gil e Liminha)

"Asa Morena" (Zé Caradípia)

"Amor de índio" (Beto Guedes e Ronaldo Bastos)

"Momentos" (Joanna e Sarah Benchimol)

"À primeira vista" (Chico César)

"Ah, se eu vou" (Lula Queiroga)

"Seu olhar" (Paulinho Moska)

Alice chama

Parecia um dia qualquer. Clara abriu os olhos e antes de sair da cama rezou um pai-nosso. Rezava essa oração só porque gostava daquela parte: "Livrai-nos do mal, amém". Ainda não tinha ideia de que se iniciara o dia mais intrigante e mais mágico de toda a sua vida! Levantou, fez o café e viu que o açúcar tinha acabado. Não que isso fosse exatamente um problema: morava sozinha há sete anos e não gostava de café com açúcar; também não gostava de tomar o primeiro café do dia sozinha. Servia um pra ela e outro para algum cigano imaginário. Cismara que eles gostavam de café com açúcar. Colocava os cafés nas xícaras, falava bom dia ao cigano da vez e ria de si mesma. Achava graça por ter se tornado uma mulher tão mística. O mais engraçado é que, quando era criança, tinha medo dos ciganos. Ficava assustada ao ver como eles tinham ouro na boca. Durante uma época, trabalhou no centro da cidade, e as ciganas ficavam tentando ler sua mão. Fugia delas como o diabo foge da cruz.

Agora, aos quarenta e tantos anos, tornara-se fã dos ciganos. Povo alegre, dançante e apaixonado. Tinha estudado as histórias ciganas e sentia-se amiga deles. Acreditava que se comunicavam, ela e os ciganos, através das cartas do baralho cigano.

Clara ficava curiosa e espantada com o que via em si mesma. Estranhava-se. Quando esta mulher mística surgira dentro dela? Sua conexão não era só com os ciganos, era também com os arcanjos e os orixás.

Amava os orixás! Iemanjá, sua mãe. Xangô, seu pai. Decidiu isso, não quis fazer teste de DNA. Tinha também um carinho especial por Oxum, por ela ser a zeladora do amor, e por Iansã, porque ficava feliz em pensar que quando as coisas não iam bem, Iansã podia aparecer com uma rajada de vento e mudar tudo.

Dos arcanjos, seu preferido era São Miguel Arcanjo: forte, potente, com asas e uma espada. É com essa espada que ele corta o mal e as amarras. Protege dos perigos mais perigosos! Clara tinha uma amizade com ele e, sempre que podia, acendia uma vela azul-cobalto, sua cor. Além disso, ouvira uma oraculista que respeitava falando que o Arcanjo Miguel é o protetor das Chamas Gêmeas.

"Chamas Gêmeas, Clara? Isso mesmo?", perguntava-se atônita; definitivamente não se reconhecia! Como uma mulher racional como ela tinha se tornado essa mulher que toma café com ciganos imaginários, faz amizade com arcanjos e usa termos como "Chamas Gêmeas"?

Como se não bastasse, começou a fazer meditações e decidiu rever suas escolhas amorosas. Qual padrão tinha por trás delas? Tinha visitado esses assuntos em suas sessões de análise, mas como não era mais aquela mulher que via o mundo com os olhos de antes, resolveu pensar nessas questões incluindo seus antepassados. Será que esse padrão era só seu? Será que isso era carga trazida por gerações e gerações? Conversou com suas irmãs e resolveram, juntas, fazer uma "faxina" na porra toda! Perceberam que tinha nelas, no pai, nos avós paternos e nas tias, uma tendência em aceitar menos do que mereciam no amor. Fizeram um pacto de acabar de vez com isso! Elas riam e choravam juntas.

Em trocas de mensagens diárias, escreviam num grupo de WhatsApp o que tinham sonhado durante a noite anterior, suas angústias e os passos dados na "arrumação" da vida amorosa de cada uma. Trocavam canções, flores e orações. Todos os dias tiravam uma carta de um lindo oráculo para cada uma, uma espécie de conselho do dia. Torciam umas pelas outras. Apoiavam-se. Amparavam-se. Comemoravam.

Outra loucura de Clara nessa nova fase, talvez a maior: ela e sua melhor amiga Amy, tinham decidido que o Guilherme Arantes era um guru e que mandava mensagens pra elas através das canções! Parecia absurdo, mas dava certo! Bem no dia em que sua amiga se separou do marido, ao entrar no carro, ligou o rádio e lá estava ele, o grande mestre falando com ela através do rádio do carro. A amiga telefonou pra Clara aos prantos, mal conseguia falar... e desabafou: "Amiga, acabou tudo mesmo! Acabou! Acabou!". Clara perguntou o que estava acontecendo e a amiga, com a voz atravessada por dor e lágrimas, respondeu: "Nosso guru tá aqui me dizendo que 'adeus também foi feito pra se dizer'!". Ficavam impressionadas com a frequência e com a precisão das mensagens. Ele se comunicava com elas através da programação de uma rádio dedicada à MPB e pelo algoritmo da playlist que mantinham juntas, com mais de quinhentas canções variadas e sempre no modo "aleatório". O mestre também mandava mensagens através de cantores e cantoras da noite e dos dias nos bares e restaurantes espalhados pela cidade de São Paulo.

Muitas estranhezas estavam acontecendo na vida de Clara. Isso porque ela não sabia que, naquele dia, justo naquele dia, aconteceria com ela uma espécie de milagre.

Só Deus mesmo para explicar o que estava acontecendo na vida de Clara. Ou melhor, Deus e Alice. Alice, seu amor. Alice, seu verdadeiro amor. Ela amava repetir o nome de Alice, Alice, Alice, Alice...

Naquela manhã, ela tinha sentido o cheiro de Alice, às vezes, sentia. O pior é que não era um perfume que ela podia comprar, era o cheiro de Alice. Da pele dela, da boca dela, da alma dela. Tinha sonhado com Alice na noite anterior: estava entrando em um lugar qualquer, e Alice conversava com uma amiga. Quando se deu conta, Alice vinha em sua direção com os olhos surpresos. Clara estava de calça e nua na parte de cima, seios à mostra. Em silêncio, Alice se aninhava no ombro esquerdo de Clara e cochilava. Nesse momento, entrava um homem mais velho do que elas, gordo e com óculos de armação preta. Ele gritava com Alice, que ainda dormia nos braços de Clara. Alice acordava e perguntava para Clara o que estava acontecendo. Clara respondia que aquele homem a estava xingando. Alice se aconchegava novamente nos braços de Clara.

Clara sempre sonhava com Alice. Logo que se conheceram, sonhou que Alice saía nua do mar, com os braços para cima, carregando nas mãos um manto de flores de Manacá. Flores brancas e cor-de-rosa. Uma cena linda. Alice era linda.

Com a imagem florida de Alice na cabeça, em pé, encostada na pedra da pia da cozinha, serviu os cafés. Pediu desculpas à Rosa dos Ventos, cigana que naquela manhã a acompanharia no café, por servir-lhe adoçante em vez de açúcar.

Clara ainda não sabia o que o decorrer daquele dia lhe reservava.

Com os olhos fixos no horizonte dos azulejos da cozinha, pensou em sua história com Alice. Pensou no tempo e viu que era tempo demais. Nove meses sem tocar em Alice. Lembrou dela sorrindo, com a boca bem pertinho da sua.

Ela sentia uma luz saindo do seu coração cada vez que pensava em Alice. Logo vinha uma pergunta em sua cabeça: será que isso quer dizer amor? Seu coração sempre soube que sim.

Clara conheceu Alice num bar, foi sozinha. Depois que se separou do marido, acostumou-se a sair sozinha. Entrou no bar e logo viu a cantora: Alice! Estava cantando uma canção em espanhol, *"Algo contigo"*, uma linda história de amor: o rapaz se apaixonou por sua amiga e compôs a canção para se declarar. A parte mais linda diz:

"Hace falta que te diga
Que me muero por tener algo contigo?
Es que no te has dado cuenta
De lo mucho que me cuesta ser tu amigo?..."

Mal sabiam elas o quanto era premonitória aquela canção: "Preciso te dizer que estou morrendo de vontade de ter algo com você? É que você não percebeu quão difícil é, para mim, ser seu amigo?..."

Clara ficou encantada, não conseguia tirar os olhos de Alice. Logo que ela soltou o violão para fazer seu intervalo, Clara sorriu e fez menção de que queria falar com ela. Alice caminhou elegantemente até a mesa de Clara, que assistia à cena em câmera lenta: "Lindo seu trabalho. Você toca e canta divinamente". Alice agradeceu com um sorriso largo: "Quer que eu toque alguma canção especial?". Clara acenou um não com a cabeça, acrescentando que tudo estava perfeito. Assim foi o começo delas. Naquele momento, jamais poderiam imaginar tudo o que viveriam, não sabiam o poder de colisão de dois corações desatentos.

Na semana seguinte, Clara voltou ao bar e Alice cantou todas as canções olhando para ela. Clara voltava. Alice cantava para ela. Clara voltava. Alice cantava para ela. Clara voltava e Alice cantava para ela. Simplesmente não conseguiam parar. Passavam os intervalos rindo e conversando. Sentiam-se estranhamente íntimas. Aos poucos, foram contando detalhes de suas vidas.

Alice contou sobre Germano, seu noivo. Disse que o amava. Tinham bons momentos juntos, mas Germano não aceitava que ela tocasse na noite. Tinha ciúmes. Não suportava pensar que outros homens "babassem" nela. Isso era motivo de muitas brigas entre eles. Nessas brigas, ele falava propositalmente de um jeito tal, para que ela se sentisse culpada e inadequada, e ela se sentia. Achava mesmo ruim passar tanto tempo longe dele, trabalhar todas as noites. Ela queria mudar sua rotina, tinha outros sonhos, queria gravar suas próprias canções e montar um estúdio.

Ele ficava inseguro e criticava o bar onde ela tocava. Talvez tivesse razão em tanta implicância com esse bar, afinal, seria lá que Alice conheceria Clara, seu amor.

Ela e Germano riam juntos, passeavam, iam ao mercado, tomavam vinho e eram cúmplices! Até aparecer uma briga, aí a cumplicidade ia para as cucuias! Ele fazia perguntas que, em vida que andam juntas, ninguém faz.

Ligava para todos os lugares. Para a mãe de Alice. Para a avó de Alice. Para a tia de Alice. Para o irmão de Alice. Para as amigas de Alice. Expunha a vida deles.

Alice ficava péssima. Pensava em terminar tudo. Às vezes até chegava a terminar. Germano aparecia como um cão bravo ou como um cão com cara de dengo, com o rabo entre as pernas. Pedia perdão e dizia que fazia isso por amá-la demais. Ela perdoava, e o ciclo recomeçava.

Alice pensava que a relação deles era boa, afinal, Germano era fiel e não faria com ela o que seu ex-marido tinha feito. Aquilo sim foi o fundo do poço. Ele cravou três espadas em seu coração, como na carta do três de espadas do tarô. O coração de Alice tinha um nome tatuado que ainda doía. Não porque ela amasse o ex-marido, mas porque trazia marcas do período em que viveu no inferno. Germano era melhor que isso.

Ela dizia para Clara que toda relação amorosa é leve só no começo. Depois fica amarga. Ainda explicou: só faço minhas escolhas pela cabeça, Clara, das vezes que escolhi pelo coração, me ferrei. Meu coração não sabe escolher.

Clara pensava de maneira diferente, sua bússola era no coração e ela nem sabia como era possível mudar isso de lugar. Apesar de racional, era uma apaixonada pelo amor, uma romântica. Ela também sabia do gosto ferroso do sangue que escorria do coração, também já tinha sido ferida, diminuída, rejeitada. Apesar disso, sentia que o amor podia ser bom. Ser bom e longo. Acreditava que o melhor da vida sempre estava para começar.

Sobre a relação de Alice e Germano, não emitia opiniões. Sabia que quem está numa relação tóxica não percebe o envenenamento. Não adianta ninguém falar. A toxicidade é emitida lentamente e com alternância de bons momentos. Isso confunde o intoxicado. A pessoa se sente mal, triste, apagada, culpada, amarelada, mas não sabe de onde vem o mal-estar. Só percebe o absurdo da situação quando o veneno vem numa dose brutal, aí ele enxerga e sente que, se não sair dali, vai morrer. Literalmente ou na alma.

Clara pediu aulas particulares de violão para Alice, que topou de imediato. Segunda-feira, às catorze horas! Clara arrumou a casa com o coração saltitante. Ajeitou as almofadas, acendeu um incenso. Tomou um banho fresco e passou seu melhor perfume. Recebeu uma mensagem de Alice: Estou chegando... Seu coração disparou, estava toda alterada. Escutou os passos da Alice se aproximando da porta. Seu coração estremeceu. Alice deu três batidas na porta, o coração de Clara saiu pela boca. Abriu a porta como se aquele turbilhão não estivesse dentro dela. Fez uma cara tranquila e sorriu. Alice estava linda, vestido verde, sorriso no rosto. Conversaram sobre amenidades, e a aula começou. Enquanto Alice explicava os acordes, Clara alternava o olhar entre a boca e os seus dedos deslizando pelas cordas do violão e pensava por quanto tempo conseguiria ficar perto de Alice sem tocá-la.

Os olhares entre elas foram ficando estranhos, acompanhados de um riso quase sem graça. Ficaram um pouco sem saber o que fazer. Clara sugeriu uma pausa, para um café. No pequeno percurso até a cozinha evitaram se olhar, por puro medo de que o desejo do corpo vazasse pelos olhos.

A cozinha estreita que as recebeu foi o cenário perfeito para o encontro quase casual de suas peles: Clara, com o corpo virado para a pia, esticou o braço esquerdo para colocar a água para ferver. Quando se virou para pegar o pó de café que estava num pote atrás dela, no pequeno corredor entre a pia e o armário, encontrou o corpo da Alice. Seu corpo triscou no corpo dela. Tão sutil, que quase não teve toque. Elas se arrepiaram inteiras. Olharam-se. E ali, na beira do horizonte dos azulejos, deram o primeiro beijo: quente, macio, suave, intenso, longo. Depois do beijo se abraçaram e ali ficaram, por muitos minutos, em total silêncio.

Foram tomadas por uma sensação de lar. De chegar em casa. Foram lançadas para o passado, cada uma para o seu passado. Alice se lembrou da primeira mulher, excluindo sua mãe, que ela amou. Era uma amiga do ginásio. Ela ainda guardava aquela sensação de pureza que sentia na presença dessa garota. Ela nunca mais tinha sentido isso novamente, até abraçar Clara, depois do beijo.

Clara foi lançada em uma das cenas mais lindas de sua vida: era seu aniversário de nove anos e sua mãe tinha feito bolinhos de alho-poró e uma torta de frutas. Disse para Clara levar uns amigos depois da aula, para comemorar seu aniversário. Naquele dia, ela chegou em casa com um único convidado: Henrique, seu primeiro amor.

A mãe achou graça! Eles ficaram sentados de mãos dadas no quintal e riram com uma conversa um pouco sem sentido. Henrique mostrou pra ela um relógio verde imenso que tinha ganhado de seu pai. Ele também tinha nove anos e seus olhos sorridentes diziam que também tinha sido flechado. Eles foram para a sala e ela colocou na vitrola a canção "Música suave", do Roberto Carlos: "Ainda bem que tocou essa música suave, posso dançar com você como no passado". Eles dançaram de rosto colado. Esta foi a primeira atitude da Clara romântica incorrigível.

Quando Alice e Clara se desgrudaram do abraço, olharam-se com olhos de espanto, sabiam que ali, naquele exato momento, tinham se metido numa encrenca. E tinham. Numa encrenca imensa.

Depois dos olhos de susto, voltaram a se beijar com uma sede que parecia de anos. Quando perceberam já estavam totalmente molhadas. Entrelaçaram os corpos e, ofegantes, foram se levando para a cama de Clara. Batendo os corpos pelas paredes do caminho, deixando blusas, saias, sutiãs e calcinhas no chão do corredor.

Esqueceram o violão jogado na sala. Na cama, entre as delícias, Alice sussurrou maliciosa: você não precisa de aulas de violão, Clara, sabe tocar num violão como ninguém...

Ambas já tinham se relacionado com mulheres, mas dessa vez era tudo diferente. Entre elas, o sexo veio pronto. Não precisaram se encaixar com o tempo, já estavam encaixadas. Desde o início, encaixaram-se e, paradoxalmente, estavam absolutamente livres.

Assim seguiam as aulas. Elas se olhavam. Se viam. Se grudavam. Deslizavam. Dançavam uma na outra. Passeavam pelos corpos, sorvendo cada pedacinho. Lambiam os dedos molhados. Sob as digitais uma da outra era impossível calar. Gemiam delicadamente. Gritavam escandalosamente. Tudo era macio, perfumado, intenso. Sussurravam discursos indecentes uma no ouvido da outra.

Gostavam tanto, mas tanto de se beijar que isso era um problema. O hemisfério sul do corpo pedia que as bocas fossem até lá. Pés, pernas, que queriam ser beijados, lambidos, mordiscados. Vulvas queriam ser degustadas.

As bocas queriam ir, mas como fazer isso sem se desgrudar?

"Quero descer, mas não quero parar de te beijar, você conhece alguma técnica pra isso?", dizia Alice.

Não existia.

Elas riam.

Era isso que as ligava: a leveza.

Sentiam-se alegres nos braços uma da outra.

Acolhidas e acolhendo.

Entenderam que o sexo podia realmente ser sagrado.

Quando os corpos delas se tocavam produziam uma energia que parecia ser capaz de curar tudo. O bálsamo cura a partir do contato com a parte do corpo que foi machucada. Era isto que sentiam: a fricção entre seus corpos tinha efeito curativo, cicatrizante. Era tão bom, que elas ficavam intrigadas.

Clara continuava em transe muito tempo depois de gozar. Aquela sensação perdurava por dias. Ela questionava se Alice era uma diaba.

Devia ser.

Alice, muitas vezes, depois de gozar na boca de Clara, balançava a cabeça e o corpo e, olhando para as estrelas do céu do teto do quarto, cerrava os punhos e batia na cama, ria e reclamava: "Não é possível isso! O que é isso, Clara?".

Alice também tinha suas dúvidas, oscilava entre achar que Clara era um anjo ou uma bruxa. Pensava que ela podia ter realizado algum tipo de feitiço.

Não realizou.

Elas nunca vão saber as palavras que murmuravam enquanto se lambiam simultaneamente. Eram palavras soltas, abafadas, incompreensíveis. Elas ouviam, mas não se importavam em não entender, pois sabiam que eram boas palavras.

Para a terceira "aula", Clara preparou uma surpresa, levou uma parceira para interagir com elas na cama: uma rosa. Ela fez tudo de caso pensado: comprou uma rosa vermelha, imensa, sem espinhos, e a escondeu debaixo do travesseiro. Depois de muitos beijos, carícias no pescoço e nas orelhas, começou a descer pelo corpo de Alice. Claro que se demorou nos seios. Quando sua boca já estava próxima do umbigo de Alice, pegou a rosa escondida e colocou-a carinhosamente entre os seios de Alice e continuou a descida. Ela nunca vai esquecer o brilho que pulou dos olhos de Alice nesse momento.

Elas se deliciaram com aquela rosa.

Alice colocou o cabo da rosa entre os dentes e beijou Clara. Elas nunca tinham feito aquilo na vida. Acharam uma delícia beijar com a rosa. Era excitante as línguas se tocarem com aquele cabo no meio das bocas. Gostaram tanto que a rosa passou a fazer parte de todos os encontros de amor delas. Com o tempo, duas rosas participavam do encontro. Alice, levava uma para sua casa e deixava a outra com a Clara.

O banho, tomavam quase sempre juntas, na cachoeira do chuveiro. Quase sempre, porque, às vezes, Clara preferia não tomar banho imediatamente depois da transa: "Alice, vou ficar aqui te olhando. O banho, tomo mais tarde. Gosto de ficar com essa sensação de que minha buceta está deslizando. E, além disso, quero guardar um pouco mais o cheiro da sua pele em mim".

Alice não podia demorar, Germano contava suas horas nas suas demoras por aí.

A despedida era sempre comovente. Não queriam se desgrudar. Alice ia embora e sempre voltava pra dar mais um beijo.

Com o passar do tempo, Clara começou a querer mais.

Queria deitar na grama com Alice e olhar para o céu de verdade, para as estrelas e não só para o céu do teto do seu quarto. Queria pegar nas mãos de Alice e olhar para o horizonte mesmo, não o do azulejo da sua cozinha. Queria que entrassem juntas no mar, a língua da Alice em seu mamilo, a água e o sal. Sonhava com as duas tomando banho numa cachoeira real, rodeada de mata virgem.

Nunca pedira a Alice para se separar de Germano, mas insinuava que queria mais.

Alice sempre foi cuidadosa, nunca fez promessas: "Clara, essa situação não é justa com você. Você é tão amorosa, tão dedicada, merece muito mais do que isto que estamos vivendo. Você não merece migalhas."

Até aquele momento, Clara nunca tinha sentido que estava recebendo migalhas.

A incompetente blindagem do coração de Alice começou a falhar. Por mais que a cabeça tentasse orientar, ela tinha perdido o controle. Estava perdidamente apaixonada por Clara. Não conseguia esquecer o cheiro dela, nem o jeito que a olhava. Clara mexia com sua cabeça e fazia barulho em seu coração. Bagunçava tudo. O problema é que ela não estava conseguindo esquecer os olhos de Clara nem quando estava com Germano.

Não sabia lidar com isso. Sentia culpa por estar com outra pessoa, com alguém que não era Germano. Sentia culpa por não dar o que achava que Clara merecia.

Um dia Alice ligou para Clara em tom de irritação: "Clara, eu não posso ficar pensando em você no fim de semana! Eu não posso! Tenho namorado. Você falou outro dia em viajar comigo, isso confunde minha cabeça. Eu quero, claro que eu quero, mas eu não posso! E não posso também ficar pensando em você o tempo todo. Às vezes, eu tô com ele e queria estar com você. Eu não posso!"

Clara riu por dentro, tremeu, sentiu seu coração expandir: "Eu entendo, mas isso é um problema seu, não posso fazer nada".

Elas estavam cada dia mais próximas, trocavam mensagens com canções, com trechos de poemas e fragmentos da rotina. Quando estavam com muita saudade e não podiam escrever, enviavam, uma para a outra, uma Clave de Sol. A Clave de Sol também é conhecida como clave feminina e, na partitura, a Clave de Sol é colocada onde está a nota sol. Elas achavam tudo isso muito poético. Adoravam música, adoravam o Sol e adoravam cada minuto que passavam juntas. Estavam muito próximas.

Numa quarta-feira de manhã, Alice ligou para Clara:

"Clara, eu precisava te ligar. Preciso te contar o que aconteceu ontem. Eu tive uma conversa com o Germano. Acabei terminando. Eu terminei, Clara, mesmo amando ele. Acho que viramos amigos, sabe? Eu vou sentir falta do amigo. Tô triste. Quero te ver, sexta-feira à noite, não vou trabalhar, posso ir na sua casa?"

"Caramba, Alice. Eu sei que é um momento duro. Sei como dói. Vem aqui, claro."

Combinaram para sexta-feira, às oito da noite.

Pela primeira vez, tomariam vinho juntas. Clara pensou que seria muito acolhedora com Alice, sabia que ela estaria triste, precisando de colo.

Na quinta-feira, trocaram mensagens, e Alice até mandou uma foto das frutas, geleias e queijos que ela levaria ao encontro. Estava tudo combinado. Sexta-feira, às oito da noite. A sexta-feira amanheceu ensolarada. Clara acordou cedo, precisava comprar um vaso, talvez Alice levasse flores, e ela não tinha um vaso.

No fim da manhã, Alice ligou e, sem rodeios, contou para Clara que Germano tinha aparecido como um cão em sua casa na noite anterior. Rosnou, latiu, avançou nela, fez cara de desamparado e lançou o golpe fatal: disse que não podia viver sem Alice, que morreria sem ela. Ela voltou com ele. Não existiria a noite, a sexta, a feira, com queijos, frutas, geleias, vinhos, abraços, colo. E flores no vaso novo.

Clara despencou do céu. Durante a descida, pensou que talvez precisasse tomar uma decisão: se Alice amava Germano e se a história deles não tinha terminado, se ela continuasse com Alice, poderia atrapalhar a trajetória deles. Por outro lado, se a relação deles estava desgastada e precisava de um término, manter a relação com Alice poderia acomodá-la, já que o encontro entre elas era tão nutritivo. Isso talvez inebriasse Alice a ponto de ela não enxergar sua vida com clareza. Clara não queria ser uma distração. Pensou que por mais que doesse, afastar-se de Alice poderia fazer bem a Alice. Quando seus pés bateram no chão, já estava decidida: não veria mais Alice enquanto ela estivesse com Germano. Foi uma decisão dolorida e doeu nela e doeu e doeu.

"Minha Alice," escreveu no teclado do celular, "eu entendo que tenha voltado com ele. Entendo sua decisão e, a partir dela, também tomei a minha: não quero mais te ver enquanto você estiver com o Germano. Lamento muito por nós. Eu não estou desistindo da gente, mas essa é a única escolha que posso fazer. Não quero mais participar de triângulo, Alice, isso eu posso escolher. No triângulo sempre sobra uma ponta e, pela sua escolha, eu sobrei.

Eu te amo, Alice. Já vivi o suficiente pra saber que isto é amor. Sinto uma chama acesa no meu coração quando penso em você. Torço pra que seja feliz, você sabe que eu torço.

Nunca vou me esquecer dos seus olhos, do jeito que suas mãos tocavam as minhas, a textura da sua pele, a profundidade do seu beijo, a sensação deliciosa dos seus cabelos entre os meus dedos e nem da alegria que sua presença provoca em mim. Obrigada, meu amor, por ter me feito sentir tantas delícias e por despertar em mim uma pureza que eu já tinha esquecido que eu tinha.

Se um dia vocês se separarem, e você achar que tem uma história pra viver comigo, me procure. Não deixe que o medo ou que o orgulho te impeça. Espero que, se você voltar, ainda encontre meu coração transbordante."

Quando enviou a mensagem, sentiu um frio na espinha, um medo enorme de nunca mais ver Alice. Acreditava, realmente, que a continuidade da relação poderia atrapalhar Alice. Clara tinha um cuidado especial com ela, por isso se afastou. Além disso, estava mudando seu modo de se relacionar e, a cada dia, acreditava mais e mais que tinha direito a um amor inteiro. Ela queria alguém que a amasse por inteiro. Vinha de relações amorosas em que, por mais que se doasse, não parecia suficiente para o outro. Ela queria ser suficiente. A essa altura, já sabia que tinha muito a oferecer no amor. Só precisava aprender a receber. Entendeu que se aceitasse pouco, era pouco que receberia.

Alice, quando leu a mensagem, foi tomada por um misto de sentimentos. Primeiro, sentiu dor. Uma facada no peito. Como Clara tinha feito isso com elas? Por mais conflituosa que estivesse, não tinha pensando em romper com Clara naquele momento. Sabia que sentiria muita falta. Em seguida, sentiu alívio. Finalmente, ficaria livre da sua culpa. Pronto. Tudo resolvido. Ficaria em paz com Germano. Poderia voltar a ficar bem, morta de sono.

Estava aliviada. Decisão certa. Clara era forte e viveria sem ela, já Germano dependia dela para viver. Pensava que era óbvio que esta era a escolha certa. Alice era paradoxal, fazia tudo para se livrar do inferno da culpa, ao mesmo tempo, sucumbia às chantagens emocionais sem resistência. Ao tentar não sentir culpa, ficava cada vez mais aprisionada por ela.

Pensou que, com a distância e o passar do tempo, Clara viraria apenas uma boa lembrança. Sentiu medo de que isso não acontecesse e ela sofresse demais sem elas. Por um minuto, pensou em escrever para Clara pedindo para que ela não fizesse isso, para que não se afastasse, mas pensou melhor e não achou justo.

Acreditava realmente que pedir a Clara que ficasse poderia atrapalhá-la. Alice tinha um cuidado especial com ela, por isso aceitou que se afastasse.

Resolveu responder de forma sucinta: "Clara, eu entendo. Você merece tudo. Merece grande. Obrigada por todo carinho, por todo cuidado, por todos os momentos."

E foi assim que elas foram interrompidas.

E foi assim que se interromperam.

Alice e Clara podiam ser, mas o vento mudou a direção.

Clara ficou um pouco sem rumo. Como passaria os dias sem sonhar com o próximo encontro com Alice? Como viveria sem ver Alice tocando violão, cantando e olhando nos seus olhos? Como passaria os dias sem o calor da boca da Alice? Desceu ao inferno. De lá, foi retirada pelos anjos. Ela sabia que não tinha controle sobre o que aconteceria e também já tinha aprendido que o único antídoto para aliviar a falta de controle era o aumento da fé.

Três meses antes de conhecer Alice, teve, durante muitas noites, um sonho recorrente no qual dirigia um carro totalmente no escuro. Era aflitivo. Uma sensação horrível: ter que dirigir sem enxergar nada! Na última vez em que tivera aquele sonho, a seu lado, no banco do carona, havia uma mulher. E a mulher colocava as mãos sobre as dela e a ajudava na condução do carro. Foi um alívio essa novidade no sonho.

Sincronicamente, logo depois que mandou a mensagem de término para Alice, conheceu um canal na internet de tiragem coletiva de tarô, onde Clara ouviu a oraculista dizer: "Ter fé é conseguir caminhar no escuro". Era isso! Clara teria que caminhar no escuro. Foi aí que realmente se apegou à espiritualidade. Não tinha outra opção a não ser deitar nos braços dos seus mentores e deixar que lhe mostrassem cada passo. Sentia-se numa densa névoa; quando clareava um palmo diante dos olhos, ela dava um passo.

Orou. Meditou. Ouviu canções. O vaso nunca ficou sem flores. Tocou muitas e muitas vezes as três canções que Alice lhe ensinara. Procurou sinais e os encontrou. Parece que a espiritualidade sempre a carregava nos braços nos dias de maior desconsolo. Os sinais de que ela estava no caminho certo vinham de muitos lugares: das canções, da natureza, da visita de um beija-flor em sua varanda, das andorinhas que cantavam no parapeito da janela do seu banheiro, dos oráculos e, principalmente, do seu coração. Quando se conectava a seu coração, sentia Alice e sentia o amor de Alice que nela pulsava. Sentia a saudade que Alice sentia dela. A intuição de Clara ficou cada dia mais aguçada, a ponto de perceber quando Alice a buscava em pensamento.

No início do afastamento, acreditou que estava pronta para aquele início amoroso e que era Alice quem tinha questões para resolver. Com o passar dos dias, percebeu que também ela trazia feridas na alma, e, por menos que parecesse, também sentia medo de amar. Medo de sofrer novamente. De cometer os mesmos erros. Percebeu que a vivência das duas era espelhada. Entendeu que ela também precisava desse afastamento. Teve essa "confirmação" através de outro site de tiragens coletivas de tarô, que mais pareciam tiragens particulares. É como se cada palavra fosse para ela. Sempre que escolhia uma opção de leitura, a oraculista dizia: "Esse afastamento foi necessário. Vocês precisavam se preparar para viver esse amor". Clara, mesmo cansada, nunca deixou de acreditar que o encontro delas não tinha sido por acaso, e essas sincronicidades faziam-na manter seu passo firme.

Em alguns momentos, Clara se recriminava por amar uma mulher que não estava disponível, pensava que estava perdendo seu tempo. Nesses momentos, a espiritualidade se apresentava com força e renovava a esperança para que pudesse suportar a espera. Um desses momentos foi em um dia em que Clara estava no modo desânimo e de autorrecriminação por amar Alice. Entediada, olhando para a tela do celular, começou a clicar em vídeos aleatórios, até que um deles capturou sua atenção; ouviu a história de Santa Sara: ela tinha sido uma escrava, uma serva de Jesus e, por uma série de circunstâncias, fora abandonada à deriva no mar. Foi acolhida e alimentada por ciganos. Só foi aceita por eles porque um dos ciganos tivera uma visão: chegaria uma mulher vinda do mar e se revelaria muito importante pra eles. Na visão, Jesus Cristo teria dito a ele: aceite a que vem das águas, aceite a que vem do mar.

Clara chorou ao ouvir essa história. Lembrou daquele sonho em que Alice saía do mar, com o manto de flores. Ela tinha que aceitar o amor que sentia por Alice, tinha que aceitar a que veio do mar.

Sentia que Alice, de longe, não a tirava da cabeça, ao mesmo tempo, seguia lutando contra os próprios sentimentos. E acreditava que, por mais que Alice lutasse, o sentimento que parecia ilhado, morto e amordaçado, sempre voltava a incomodá-la. Era com tudo isso que Clara se mantinha firme, com as fantasias de que era capaz de ouvir os pensamentos da sua amada.

Em nove meses de afastamento, tiveram três contatos, todos provocados por Clara. Quando fez um mês que elas não trocavam uma única mensagem, Clara mandou pelo aplicativo uma Clave de Sol. Alice respondeu no mesmo momento, com dois emojis: uma cara de espanto e outra Clave de Sol. Isso poderia parecer pouco aos olhos do mundo, mas, aos olhos de Clara, era o fôlego de que ela precisava para continuar acreditando. Receber a Clave de Sol de volta era como ouvir Alice dizendo: eu tô aqui, Clara, não perdemos a conexão.

O segundo foi quando já tinham se passado cinco meses e Clara ouviu uma canção no rádio: "Um par de rosas me avisou, você chegava antes do fim, antes da noite demorar, voltava pra mim". "Um par de rosas", ela pensou, "é isso!" Nunca mais tinha ido ao bar onde Alice cantava. Naquela noite ela foi até lá e deixou no para-brisa do carro de Alice um par de rosas vermelhas. No dia seguinte, recebeu uma foto das flores com um recado: "Adorei, Clara! São lindas!! Junto com a foto e as palavras, um coração e uma Clave de Sol".

A última comunicação tinha acontecido há oito dias. Oito dias antes do dia que seria o dia mais intrigante e mais mágico de toda a sua vida.

Clara não estava bem, estava entristecendo, sentiu que precisava escrever. E escreveu:

"Alice, você pode imaginar o quanto de coragem tive que reunir para te mandar essa mensagem.

Estou te escrevendo, porque essa semana meu coração apertou demais, às vezes, parece que tá esmagado, às vezes, parece que vai explodir.

Estou um pouco triste, fico pensando em você e tenho receio de que você também esteja triste.

Sinto que esse silêncio foi muito importante, pelo menos, pra mim. Eu estava bem com nosso afastamento, entendendo a importância de tudo que nos aconteceu.

Agora o silêncio pesou. Estou exausta de me comunicar com você por sonho, por pensamento, pelas músicas e por um beija-flor que insiste em aparecer na minha varanda, ora nos dias em que estou mais feliz, ora nos dias em que mais preciso de colo.

Você ainda ouve as nossas canções?

Às vezes, sinto seu coração com saudade do meu. Às vezes 'vejo' você pensando com saudade em todos os momentos lindos que tivemos. Pode ser que você não sinta nada disso, e que eu esteja louca. Se eu estiver louca, pode me dizer.

Estou sentindo uma necessidade muito grande de te encontrar, te abraçar, olhar nos seus olhos e ter uma conversa de coração aberto, com o mesmo carinho, cuidado e confiança com que sempre conversamos.

Quando nos afastamos, essa conversa não foi possível, agora sinto que pode ter chegado a hora."

Além da mensagem, mandou várias opções de dias e horários em que poderiam se encontrar.

Quando Alice leu a mensagem, pensou que Clara devia mesmo ser uma bruxa. Ela tinha passado por momentos muito difíceis, tinha brigado com Germano e, nos dias em que esteve longe dele, tinha pensado mil vezes em ligar para Clara. Não ligou, porque teve receio de que, como das outras vezes, voltasse com Germano. E voltou. O que ela poderia escrever diante dessa mensagem tão doce de Clara? O que ela poderia dizer? Clara tinha sido clara: não queria ficar com ela enquanto ela estivesse com Germano, e ela estava. Percebeu que Clara estava frágil, sentiu vontade de abraçá-la, de deitá-la em seu colo e acariciar seu rosto. A razão falou mais alto, não queria aprisionar Clara. Depois de pensar em tudo isso, respondeu sucintamente:

"Estou bem, estudando e trabalhando muito. Eu penso em você, sim.

Sim, escuto as canções. Sinto muito, Clara, não posso te oferecer nada diferente do que tivemos".

A resposta caiu como uma bomba em Clara. Agora, sim, essa migalha ela sentiu como migalha.

Sentiu-se desamparada:

"Caramba, Alice! Que chocante ler o que eu escrevi e o que você respondeu".

Alice tentou argumentar dizendo que ela não era boa com as palavras como Clara era. Disse que preferia se expressar olhando nos olhos, mas não propôs nenhum encontro.

Aquilo fez com que Clara recuasse. Pensou que já tinha feito demais e que não faria mais contato com Alice. Não saber se expressar não era justificativa, o que ela entendeu naquela resposta é que Alice continuava sem poder, ou sem querer, viver uma relação com ela.

O mais curioso é que, por detrás da aparente frieza de Alice, Clara sentia seu coração pulsando por ela. De que adiantava isso? Naquele momento, ela pensou que tinha que ficar com a indisponibilidade de Alice e não com o que ela sentia que Alice sentia por ela. Estava cansada.

Realmente, Alice não se permitia se soltar com as palavras. Dava sempre a impressão de estar se contendo.

Seu amor vazava pelas frestas. Diante do desamparo causado pela resposta de Alice, Clara buscou, em sua memória, as declarações de amor que Alice deixava escapar:

"Você é bonita, é perfeita, parece uma pintura. Eu fico te olhando e pensando que eu ficaria aqui minha vida inteira, te olhando, acariciando teu rosto, te beijando e conversando com você."

Em outro momento em que não se conteve: "Clara, você não imagina o poder que você tem sobre mim. Você é diferente de tudo que eu já vivi. De tudo que eu já senti."

Na cama, olhando-a bem fundo nos olhos: "Eu tô com muita vontade de dizer que eu te amo, mas não posso fazer isso, porque não posso amar duas pessoas ao mesmo tempo". Clara riu e pensou: "Já falou".

De todas as declarações, Clara tinha uma preferida, dita na última vez que estiveram juntas. Não sabiam ainda que aquele seria o último encontro antes do afastamento. Estavam deitadas no chão. Alice disse em êxtase: "Meu corpo nunca ficou assim com ninguém, Clara. Parece outro corpo. Parece outra buceta". Aquelas palavras atingiram em cheio o coração de Clara.

Ela tentava reter em suas lembranças detalhes do que elas tinham vivido. Na sua cabeça, vinham cenas vagas, fugidias. Lembrou delas dançando em pé no quarto. De Alice sorrindo docemente enquanto ajoelhava em sua boca. Lembrou que passou um colar de pequeninas contas pelo corpo de Alice. Lembrou da textura das contas do colar misturada com a textura macia e deslizante da vulva de Alice. Colar. Lábios finos. Pequenos lábios. Grandes lábios. Lembrou da última canção que ouviram juntas, inacreditável... Um dia, um adeus, do mestre.

Essas memórias do último encontro, de nove meses atrás, aqueciam o coração de Clara. Mas a última conversa, há oito dias, deixava-na insegura, sem perspectiva. Decidiu não ter mais nenhuma iniciativa. Confiava na espiritualidade, rezou muito e se entregou. Deixou a história de amor entre elas nas mãos deles, seus mentores.

Questionava como pôde se apaixonar por uma mulher tão diferente dela. Em suas meditações, percebeu que elas eram diferentes no funcionamento, mas, na essência, eram parecidas. Queriam o mesmo da vida, o mesmo do amor. Tinham medo de viver aquela história de amor, tinham medo de não vivê-la. O contato entre elas era transformador, transformava as dores. Elas extraíam o melhor uma da outra.

Alice, depois de tantas traições, de tantas facadas nas costas, não acreditava que todo aquele amor era para ela. "Não era possível", pensava. Mas era. Era sim.

Clara pensava que depois de tantas sincronicidades, depois de tanta delicadeza e de tantos sinais, não era possível que Alice não voltasse. Mas era. Quem sofreu por amor desconfia da flor. Clara sabia disso e reservava em seu coração um pequeno espaço pra essa possibilidade.

Sonhou com Alice no meio de um temporal: ela pedia para que Clara a esperasse. Na materialidade, nada de animador acontecia, mas Clara recebia sinais o tempo todo de que a conexão entre elas permanecia intacta.

O que acalmava Clara era saber que o fruto tem tempo certo para ser colhido. Mas será que haveria colheita? Não sabia. Foram muitas sementes lançadas. Tinha certeza de que o sentimento entre elas não diminuíra com o passar do tempo, brotava.

Mesmo confiando em tanto sentimento, sabia que Alice tinha assuntos para resolver antes de dar uma chance para elas.

Temia que ela precisasse de tempo demais.

Se o tempo afastasse as duas era porque o amor entre elas era fraco. E amores fracos não mereciam mais o tempo de Clara, nem o da Alice.

Clara sentiu dores nas pernas, estava tão envolvida com seus pensamentos que nem notara o tempo passar. Estava ali, em pé, olhando para os azulejos há mais de uma hora. Seu café e o café da cigana estavam frios. Olhou no relógio e tomou um susto. Eram onze e onze da manhã. Sua primeira reunião do dia começaria ao meio-dia e nem banho tinha tomado. Prestou atenção na canção que tocava em sua playlist. Era uma canção tão delicada, tão profunda:

"É como o vento e te leva
Sempre pra longe demais
E quando chego, olho, e não estás
Foi minha vinda tardia
Que te fez se despedir
Ou eu não soube chamar por ti?
É como o tempo passando
Sempre corre tão veloz
Que a gente não tem certeza mais
Do que mora no passado
Se foi real, se não foi
É a saudade a envelhecer de ti
Achei que o vento virasse
E te trouxesse pra mim
Às vezes acho que já passou, e fim
É a tua falta que bate
E quem me tira do chão
Vento passando entre minhas mãos."

Essa canção combinou muito com tudo que ela tinha sentido e pensado naquela manhã. Lembrou de Iansã. Mas estava sem forças para acreditar que talvez o vento virasse.

Se arrumou e começou sua reunião. Não sabia que a parte intensa do seu dia nem tinha começado. Nem sabia, àquela altura, que aquele seria o dia mais mágico da sua vida.

Por volta das dezoito horas, teve uma ideia: sairia de casa para passear quando terminasse seu trabalho. Fez uma busca rápida no Google e a primeira opção que surgiu foi um lugar chamado Pimenta do Leste – Balada e Swing.

Clara decidiu imediatamente: é nesse lugar que vou hoje. Depois que decidiu, desconfiou da decisão. Não tinha nenhum preconceito, mas nunca tinha ido a uma casa de swing. Se perguntou se queria transar e a resposta veio pronta: não. O que ela ia fazer sozinha numa casa de swing sem estar com a mínima vontade de transar? Sua decisão não tinha lógica. Pensou que chegaria lá cedo, tomaria uns drinques e voltaria pra casa.

Terminou o trabalho às vinte horas, tomou uma ducha rápida e estava tão pouco empenhada em se produzir que se aprontou em quinze minutos. Quando estava se vestindo notou que colocou o mesmo sutiã suado com o qual tinha passado o dia. Trocou o sutiã por um melhor, mesmo com a convicção de que ninguém a veria sem roupa. Chamou um motorista de aplicativo e seguiu para lá. Parecia que ela estava no automático. Não pensava, não entendia, só se dirigia para lá.

Quando chegou na porta hesitou. Pensou em pedir para o motorista fazer o retorno e leva-lá de volta pra casa, mas uma convicção estranha fez com que descesse do carro e entrasse no lugar. Depois de pegar seu cartão de consumo, entrou num ambiente grande, assim que passou pela porta se sentiu um pouco sem graça e se perguntou o que estava fazendo ali.

Viu um balcão de bar à sua frente e, na lateral dele, mesas. Percorreu timidamente os olhos pelo lugar, sem se fixar em nada, até que seus olhos pararam em Alice! Aliceeee! Clara arregalou os olhos e abriu a boca. Estava muda, mas perguntas gritavam em sua cabeça: "ESPIRITUALIDADE, O QUE É ISSO? POR QUE VOCÊS ME TROUXERAM AQUI?". A cabeça dela só repetia isso, aos berros. Alice estava sentada numa mesa com um homem, Clara teve certeza de que era Germano. Eles estavam sérios e conversavam baixo.

Clara apoiou os braços no balcão do bar, sentia suas pernas fracas como se sua pressão tivesse baixado. A moça do bar perguntou o que ela queria beber e ela, atordoada, respondeu: mojito. Foi o primeiro nome de bebida que leu na lousa à sua frente.

Clara sempre se achou uma mulher lúcida, mas, pela primeira vez, teve a sensação de que estava em surto. Parecia que estava num filme. Aquilo não podia ser real: qual a probabilidade de aquilo acontecer? Estavam em São Paulo.

Olhou discretamente para a mesa onde estavam. Não queria que Germano percebesse seus olhares. Resolveu olhar novamente e, enquanto virava a cabeça na direção deles, teve a esperança de que Alice não estivesse ali, desejou que não passasse de uma ilusão de ótica. Olhou. Alice estava. Continuou parada, mas se sentia como se estivesse correndo dentro de uma jaula, batendo seu corpo contra as grades, de um lado para o outro.

Não sentiu raiva nem ciúmes. Nada do que sentiu, já tinha experimentado antes. Sentiu perplexidade. Era isso! Estava perplexa. Perplexa. A perplexidade provocou uma sensação estranha nela. Um vazio. Falta de repertório para nomear o que estava sentindo. Fantasiou que se sentava na mesa com eles. Fantasiou que dava um grito do alto do balcão.

Olhou novamente pra Alice na esperança de que ela a visse e a chamasse discretamente para o banheiro. Era surreal aquilo. Tudo o que Clara mais quis nos últimos nove meses era estar na presença de Alice. E estava, mas nesse contexto perturbador.

Em nenhum momento, os olhos delas se encontraram. Clara não tinha a garantia de que tinha sido vista. Ela sabia que essa garantia só era possível quando um olhar entra no outro. Mas elas estavam tão perto uma da outra, tão próximas, que era impossível Clara não pensar que Alice não a tinha visto.

Pensou em sentar-se na mesa bem em frente à mesa deles: dali, seria impossível Alice não vê-la. Enquanto tentava tomar uma decisão, viu os dois se levantando e caminhando para o outro ambiente. Perdeu-os de vista. Talvez Alice a tivesse visto e, por esse motivo, saiu de lá. Quis ir atrás deles, mas sentiu medo do que poderia ver. Decidiu ir embora.

Chamou o motorista, abriu a janela do carro e deixou o vento bater em seu rosto. Lembrou de Iansã. Pediu para que o motorista parasse num bar perto de sua casa. Um bar conhecido, imaginou que lá se sentiria acolhida de alguma forma. A garçonete, que a conhecia pelo nome, perguntou o que ela queria beber, e ela respondeu: mojito. Ou porque estava no "automático" ou porque sua cabeça estava na casa de swing.

Um rapaz tocando violão. As pessoas pareciam felizes e ela continuava com os olhos parados, invadidos pela perplexidade.

Precisava escrever para sua melhor amiga. Ela sempre foi uma espécie de fiadora da sua relação com Alice. Sempre tinha uma palavra de aconchego. Sempre ajudava Clara a entender as coisas mais difíceis de serem entendidas. Sabia que, naquela situação, mesmo unindo as forças, não entenderiam o que Clara tinha acabado de viver. Aquilo foi uma experiência mística, escapava à compreensão.

Escreveu o que tinha acontecido e perguntou: "O que é isso Amy, o que foi isso que aconteceu? Qual o sentido? Por que fui lá?". Escreveu gritando.

Sua amiga, que estava tão perplexa quanto, respondeu: "Não sei, amiga. Só sei que é importante. Quem sabe é um novo começo? A espiritualidade não faria nenhum mal pra você, nem para Alice. Com o passar dos dias você vai entender por que foi levada até lá."

Para completar a misticidade da noite, enquanto conversavam, o guru Guilherme se apresentou através do cantor. Tudo era inacreditável. Clara escreveu: "Amy, nosso mestre se manifestou". A amiga perguntou o que ele estava dizendo e Clara respondeu: "deixa chover, deixa a chuva molhar", "infelizmente, nem tudo é exatamente como a gente quer" e "dentro do peito tem um fogo ardendo que nunca vai se apagar". "Amy, com qual frase eu fico?" A amiga respondeu: "Com a última, é claro".

Clara foi pra casa, tirou a roupa e se deitou. Barriga pra cima. Olhos esbugalhados. Sabia que não pregaria os olhos naquela noite. Tentava entender. Tentava entender. Tentava entender. O que eles estavam fazendo lá? Quando Alice terminou com Germano, nove meses antes, disse para ela que eles tinham se tornado amigos. Será que ir num swing foi o jeito que encontraram para contornar a falta de desejo? Será que Alice realmente estava feliz naquele lugar ou teria ido para satisfazer alguma fantasia de Germano? Mas ele não era ciumento? Não entendia. Desistiu de entender. Só queria saber qual o recado que aquela situação trazia para ela. A palavra despertar não saía de sua cabeça. Era isso. Isso. Um despertar. Ou um despertar para ela, que foi lá para ver os dois juntos e se afastar de vez dessa história, ou um despertar para Alice. Clara pensava: quem sabe ela me viu e seu coração se lembrou do que é o amor. Será que ela vai me escrever amanhã? Será que vai pensar que eu os segui até lá? Por fim, apareceu uma luz em sua mente: e se o despertar fosse para as duas? E se Alice não a tivesse visto?

Olhou no relógio, duas e vinte dois da madrugada. Não teve dúvidas, levantou da cama e correu de volta para a boate. Não pensou em nada, só foi. Entrou esbaforida. Localizou os dois, que felizmente estavam sozinhos em uma mesa e, para seu alívio, não estavam se tocando. Então caminhou decidida até a mesa, olhando fixamente para Alice. Quando Alice levantou os olhos e viu Clara, ficou pálida: parecia que seu corpo tinha perdido todo o sangue. Seus olhos se arregalaram e seu queixo caiu. Pela reação, Clara teve certeza de que Alice não a tinha visto da primeira vez.

Clara parou por dois segundos, em pé, na frente deles e se sentou. Pegou as mãos de Alice que estavam geladas em cima da mesa e olhou bem no fundo dos seus olhos. Ficou ali por uns dez segundos. Levantou e saiu sem olhar para trás. Alice ficou estática por algum tempo olhando para o corpo de Clara se afastando. Virou-se para Germano e disse: sinto muito, me perdoa, eu te amo, sou grata. Levantou-se da mesa e também saiu sem olhar para trás. Queria alcançar Clara.

Foi só quando chegou na rua que Clara percebeu o quanto estava atordoada. Sentiu o vento bater em seu rosto. Lembrou de Iansã. A rua estava vazia e ela seguiu, caminhando decidida, com passos firmes, sem saber para onde. Começou a chorar. Chovia. Ela, mesmo encharcada, sentia um fogo queimando em seu peito.

– CLAAAARA!

Como se fosse a cena de um filme, ela parou, olhou para trás e só aí ouviu, com todos os sentidos, o som do seu nome.

Viu Alice.

Alice correu, com o coração nas mãos, e num salto abraçou Clara. Ficaram abraçadas por alguns minutos. Bateu um vento forte, que fez com que o corpo delas girassem num espiral. Quando estavam a alguns metros longe do chão, dos braços, nasceram penas coloridas, um par de asas para cada uma e, como numa dança, bateram as asas e finalmente voaram para longe de tudo e todos.

Alice chama

“Pedacinhos” (Guilherme Arantes)
“Quem sabe isso quer dizer amor” (Márcio Borges e Lô Borges)
“Algo contigo” (Chico Navarro)
“Geleira do tempo”(Ana Caetano e Tó Brandileone)
“Mil perdões” (Chico Buarque)
“Quando o amor acontece” (Abel Silva e João Bosco)
“Deixa chover” (Guilherme Arantes)
“Música suave” (Erasmo Carlos e Roberto Carlos)
“Cor de marte” (Ana Caetano)
“Último Grão” (Isabella Taviani)
“Um Par de Rosas” (Di Maria e Luiza Possi)
“Bandeira” (Zeca Baleiro)
“Beatriz” (Chico Buarque)
“Soneto” (Chico Buarque)
“Revelação” (Clodomir e Clésio)
“Um dia, um adeus” (Guilherme Arantes)
“Me espera” (Sandy e Lucas Lima)
“Cobertor” (Projota, Danilo Valbusa, Pedro Caropreso e Diego Silveira)
“Nossa conversa” (Kell Smith)
“No vento” (Necka Ayala)

Posfácio

Entre os sinais que indicam que temos diante de nossos olhos uma boa narrativa, estão, sem dúvida, as personagens. É certamente uma sensação cara a qualquer pessoa que lê quando essas entidades ficcionais são de tal modo construídas que nos parecem reais, gente de carne e osso.

Muitas vezes, essa sensação não está ligada com a profundidade das personagens, mas com a maneira por meio da qual a imaginação e a pena hábil de quem escreve tornam esses seres nossos íntimos. "Deixando a profundidade de lado", como canta Belchior, é gostoso quando, ao término da leitura, elas permanecem conosco.

Quando a Adriana me procurou para trabalhar com ela neste livro, confesso que uma pulga foi morar atrás da minha orelha. Pode ser árdua a tarefa de avaliar a escrita de alguém, ainda mais a escrita criativa. Eu tinha conhecido nossa autora para um trabalho um tanto mais "careta", um artigo acadêmico para uma revista na área de psicologia. Assim, quando chegou a consulta para esse trabalho, confesso que me coloquei em alerta e não pude deixar de pensar, antes de aceitar: "Se eu achar ruim, terei que dizer".

Felizmente, e para a minha sorte, não foi este o caso, muito pelo contrário. Os textos, a Adriana me enviou em trios e, logo nos três primeiros contos que li, suas personagens passaram alguns dias morando comigo. E ali eu soube, aliviada, que tinha em mãos exemplares de boa ficção.

Outra grata surpresa foi a fluidez com que as histórias são contadas, a ponto de fazer com que eu, a revisora, me pegasse esquecida de meu ofício e, tendo vencido em mim a leitora, minha vontade era ir adiante sem demora, para conhecer logo, afinal, o desfecho daqueles encontros.

Há sempre, nos contos, um encontro. E há diversidade: não apenas quanto às personagens que participam dos entrechos amorosos, mas na maneira de narrá-los; e seja nos em primeira pessoa, a maioria, seja no em terceira pessoa, o tom de intimidade está sempre presente, e a onisciência das vozes narrativas permitem-nos acesso ao mundo íntimo de figuras que dançam em cena, embaladas por canções que servem não apenas de inspiração, mas compõem a própria tecitura da trama, além do amor e do sexo.

Grata surpresa: como eu disse à Adriana, considero um privilégio ter podido ser sua companheira de viagem nessa jornada de descoberta e revelação de uma autêntica escritora.

Que venham mais contos e, quem sabe, um romance!

Paula Vaz de Almeida

São Roque (SP), 18 de novembro de 2023

Agradecimentos

Natalia Timerman: por ter sempre palavras precisas para me acalmar nos momentos em que eu estava mais aflita durante o percurso sinuoso entre escrever e publicar o livro. Por vibrar comigo a cada passo. E por me dar uma lanterna.

Paula Salem Carpio, Clarissa Nascimento e Juliana Diniz: a leitura sensível, entusiasmada e atenta de vocês me contou coisas sobre meu texto que nem eu sabia.

Bruno Zeni e Sílvia Nastari: pelo trabalho primoroso, pelo carinho com que me receberam e por me abrirem as portas desse lugar mágico que é a editora Quelônio.

Aninha de Fátima: nos conhecemos numa peça de teatro, onde autoras contemporâneas liam trechos de suas obras. Ao final do espetáculo, conversamos por dez minutos com a alegria de amigas de infância. Contei sobre o projeto do livro, que ainda nem tinha editora. Ela me disse: "Eu serei a primeira leitora do seu livro". Levei a sério. Então, se você leu este livro, tenha a certeza de que a Aninha leu antes. Agradeço através dela todas as pessoas que leram ou que lerão meu livro.

Paula Vaz de Almeida: foi mais do que revisora. Foi parceira, foi leitora empolgada. Nos encontros de revisão rimos juntas, nos encantamos, descobrimos peculiaridades dos personagens. Eu não consigo acreditar que ela não lerá a versão final com a edição do Bruno. Que não conhecerá a capa que a Sílvia fez. Que não sentirá o livro entre suas mãos. Que não estará no dia do lançamento pra me abraçar. Preciso de um tempo pra digerir que ela não será a revisora do meu próximo livro. Caramba! Como assim, vida?

Necka Ayala: por ter autorizado o uso da letra da canção "No vento" na íntegra. Das canções mais lindas que meus ouvidos já ouviram.

Gerusa Zelnys: chegou pelas mãos da Majori e coube perfeitamente aqui. Fez a orelha com toda generosidade e delicadeza. Só podia ser você!

Majori Fonseca Claro: leu três dos sete contos. Foi ela quem leu o primeiro conto que escrevi. Ligou chorando: "Amiga, você é uma escritora". Ouvir isso dela, a mulher mais inteligente e brilhante que eu já conheci, soou como uma bênção. Antes do telefonema acabar, decidi que continuaria escrevendo. Vivemos plenamente a mais sublime forma do amor: a amizade. Gosto de pensar que, de algum lugar, ela me olha e ri e gargalha e dança e rodopia, feliz com as delícias que tenho vivido por aqui. O mundo ficou estranho sem ela. Meu mundo ficou estranho sem ela. E isso não vai passar.

"Entre todos os amores e amigos
De você me lembro mais."

Acervo pessoal

Adriana Garcia

nasceu em São Paulo, em 1971. É psicóloga pela Universidade São Marcos. Especialista em atendimentos a casais e famílias pela Sociedade Brasileira de Psicologia Analítica (SBPA) e pelo Instituto J.L.Moreno. Amante da música popular brasileira e encantada pelo erotismo. Após trinta anos de atuação na área clínica, começou a incursionar pelo mundo literário. *Esconderijos* é seu primeiro livro.

Edição Bruno Zeni
Capa e projeto gráfico Sílvia Nastari
Diagramação Rafael Marcon
Revisão Paula Vaz de Almeida e Paula Salem Carpio

Imagem de capa *Planes by Colors (Great Nude)*, óleo sobre tela de František Kupka (1909) / Museu Solomon R. Guggenheim / Contributor:Azoor Collection / Alamy Stock Photo

Dados Internacionais de Catalogação na Publicação (CIP)
(Laura Emilia da Silva Siqueira CRB 8-8127)

Garcia, Adriana.
Esconderijos / Adriana Garcia; capa, Sílvia Nastari. 1ª ed.
São Paulo: Editora Quelônio, 2024. 144 p. ; 13 x 20 cm.

ISBN 978-65-87790-89-3

1. Ficção: Literatura brasileira 2. Literatura brasileira: contos
3. Literatura brasileira: contos eróticos.
I. Garcia, Adriana II. Nastari, Sílvia

13-202418 CDD 869.93

Índices para catálogo sistemático:
1. Ficção: Literatura brasileira
2. Literatura brasileira : contos
3. Literatura brasileira: contos eróticos
869.93

Editora Quelônio

Rua Venâncio Aires, 1072
Vila Pompeia
05024-030
São Paulo - SP
www.quelonio.com.br

Fontes: Latienne Pro e Utopia Std
Papéis: Cartão 250 g/m² e Pólen Bold 90 g/m²
Impressão: Rettec
Tiragem: 500 exemplares
São Paulo, novembro de 2024